Ao meu amigo André,
essas fichas jogadas no papel.
Abraço,
Jaime
BH - 11-9-2019

Fichas de vitrola & outros contos

Jaime Prado Gouvêa

Fichas de vitrola & outros contos

EDITORA RECORD
RIO DE JANEIRO • SÃO PAULO
2007

CIP-Brasil. Catalogação-na-fonte
Sindicato Nacional dos Editores de Livros, RJ.

G739f Gouvêa, Jaime Prado
Fichas de vitrola & outros contos / Jaime Prado Gouvêa. – Rio de Janeiro: Record, 2007.

ISBN 978-85-01-07642-7

1. Conto brasileiro. I. Título.

07-1065 CDD – 869.93
CDU – 821.134.3(81)-3

Capa: Carolina Vaz

Direitos exclusivos desta edição reservados pela
EDITORA RECORD LTDA.
Rua Argentina 171 – 20921-380 – Rio de Janeiro, RJ – Tel.: 2585-2000

Impresso no Brasil

ISBN 978-85-01-07642-7

PEDIDOS PELO REEMBOLSO POSTAL
Caixa Postal 23.052
Rio de Janeiro, RJ – 20922-970

EDITORA AFILIADA

Para Wander Piroli, com gratidão

Hey, mister, that's me up on the jukebox
I'm the one that's singing this sad song
I'll cry everytime that you slip in one more dime
And let the boy sing the sad one, one more time

(James Taylor — LP *Mud slide slim*)

Sumário

Firme, forte, delicado

Humberto Werneck

Se o que você procura são boas histórias, saiba desde já que não errou de endereço. Pois boas histórias é o que não falta aqui. Mas saiba também que há mais do que isso em *Fichas de vitrola & outros contos*. Não se trata só de boas tramas, mas de peças literárias admiravelmente bem realizadas.

O que há de notável nisso? Não deveria ser sempre assim? Escrever bem, sobretudo no caso de um escritor, não seria eliminatório?

Seria. Pelo que se vê, porém, não é. Quantas vezes esbarramos em relatos cujo interesse se resume à trama, àquilo que você pode ler e sair contando, e que, se desossados, não param em pé? Mesmo a trama corre o risco de não se sustentar, comprometida pela vestimenta mal-ajambrada de um estilo literário de segunda ordem. A salvação, nesses casos, passa a depender disso, de que alguém os desosse, promova esse strip-tease estilístico — e conte direito a história, num filme, por exemplo. As prateleiras, e não só as de Hollywood, estão abarrotadas de escritos que até poderiam render uma boa produção cinematográfica, mas que, como literatura, não valem grande coisa. Porque, sabemos, só existe arte literária de primeira ordem onde a maneira de dizer é tão ou mais importante do que aquilo que se está dizendo. Ou alguém consegue imaginar a história de Riobaldo e Diadorim contada com outras palavras que não sejam aquelas que Guimarães Rosa alinhou em *Grande Sertão: Veredas*, nem uma a mais, nem uma a menos, sem que o romance saia irremediavelmente apequenado?

É a esse time, o dos insubornáveis artistas da palavra, que pertence o contista e romancista mineiro Jaime Prado Gouvêa. Nada do que ele põe na tela, no papel, está ali por acaso ou descuido, nada escorregou dos dedos. Cada vírgula é capaz de justificar presença, e o que se busca, incansavelmente, não é menos que a perfeição.

Sim, a perfeição. Com o vagar e o rigor dos perfeccionistas, sem nenhuma pressa em publicar, faz bons quarenta anos que ele escreve. Vagar, rigor — e vigor: aos 24, Jaime Prado Gouvêa foi um dos vencedores do então prestigioso Concurso Nacional de Contos do Estado do Paraná, em 1969. As três histórias que lhe valeram o prêmio foram incluídas, no ano seguinte, em seu livro de estréia, *Areia tornando em pedra*, lançamento das Edições Oficina, de Belo Horizonte.

O segundo, *Dorinha Dorê (Alguns roteiros para a classe média)*, também sairia por uma pequena editora local, a Interlivros, em 1975. Só em 1986, quando a Guanabara, do Rio de Janeiro, pôs nas livrarias *Fichas de vitrola* — ganhador, em 1982, do Prêmio Guimarães Rosa —, Jaime Prado Gouvêa começou a receber a atenção nacional que desde o início merecia. Viria a seguir o romance *O altar das montanhas de Minas*, lançamento da Siciliano, de São Paulo, em 1991. Analisando o livro no *Jornal do Brasil*, o professor de literatura Wander Melo Miranda reconheceu no romancista virtudes que já estavam no contista e destacou a "maestria" de um autor que, "à estridência da novidade aparente, prefere um tom reflexivo e crítico no tocante à linguagem". Caio Fernando Abreu, por seu turno, louvou o "escritor experiente, exato e seguro", "que só peca por publicar tão pouco".

De fato: depois de *O altar das montanhas de Minas*, abriu-se na carreira de Jaime Prado Gouvêa um jejum editorial que haveria de se estender por quinze anos — e que agora o escritor se dispôs a quebrar, organizando em nova coletânea os contos de seus três primeiros livros. Dos 42 relatos neles reunidos, apenas dezoito passaram pela implacável peneira crítica a que o autor os submeteu. (Antes que você pergunte: os contos que encantaram os jurados daquele concurso do Paraná, 37 anos atrás, não entraram.) Na seleção final, três outras histórias, posteriores a *Fichas de vitrola*, foram incorporadas.

O que de saída impressiona, no conjunto daí resultante, é a rara coesão existente entre histórias escritas ao longo de tantas décadas — indício inequívoco de que não estamos diante de arrumação automática, em que um texto simplesmente se depositasse sobre o anterior, e sim de algo pensado para funcionar como um todo. Daí, também, a solidez alcançada em *Fichas de vitrola & outros contos*, atributo não menos raro e que faz pensar no título do livro de estréia de Jaime Prado Gouvêa, alusivo, já naqueles começos, a um processo de cuidadosa e bem sedimentada construção: areia tornando em pedra. Mas impressiona, sobretudo, a mão a um tempo firme e precisa com que o autor põe em palavras delicadezas guardadas num território incorpóreo que só os verdadeiros artistas, e não os meros contadores de histórias, conseguem tocar.

São Paulo, setembro de 2006.

CONCERTO PARA BERIMBAU E GAITA

Agora que ela adormeceu, podemos passar ao escritório. Charlie Parker rodando na fita, máquina, o maço de papéis, tempo, tudo que eu preciso para dar a você um aspecto humano e uma espécie de passado, dados geralmente indispensáveis a uma pessoa comum. Nada de extraordinário, como o Daumier, de Barthelme, invadindo o romance de Dumas para desvendar o misterioso roubo do colar da Rainha, ou o Ralfo, de Sant'Anna, namorando Alice no país das maravilhas. Apenas uma pessoa comum, que não chame a atenção de ninguém nesta cidade onde pouca coisa acontece além desses pequenos peixes desorientados cabeceando a capa de gelo do lago em busca de oxigênio.

É aqui que eu vivo, mas tive a sorte — ou a esperteza — de aprender certos truques, e não são raras as vezes em que invento alguém para sair por aí em meu lugar e que ocupe o espaço a que estou, de certa forma, condenado, enquanto fico aqui levando a noite no som de minhas fitas e na tranqüilidade com que ela dorme naquele quarto de onde nos esgueiramos para o escritório.

Charlie Parker. Agora é a hora. Você pode ver a rua daqui da janela, esticando-se até aquele bloco de prédios lá no fundo. Mas não é só isso não. Quando você estiver andando por aí, vai ver que essa rua não pára naqueles prédios. Ela desemboca em outras ruas, em outras, muitas outras, interligando os mais distantes pontos do palco por onde você estará transitando.

Então, senta aqui comigo, na escrivaninha. Não vai ser muito difícil, acredite. Você não tem nenhuma missão específica. Vai ser apenas uma pessoa comum andando por aí, enquanto eu, seu criador, ficarei aqui rabiscando as linhas que desde agora existem em suas mãos. Linhas firmes, espero. Mesmo assim, para evitar qualquer eventual dificuldade — uma vez que as pessoas lá fora são reais —, vou te situar: você está num início de tarde, com um céu aberto de maio, sol, nuvens brancas esfiapadas para aumentar a claridade e, para que você tenha uma idéia do que é possível fazer ou não, uma vez que as coisas possíveis, em termos de liberalidades e proibições, variam muito em nosso país, determino que este seja o ano de 1982.

Evidentemente, não teria muito sentido eu te fazer sair pela rua sem corpo, sem inteligência, essas coisas. As pessoas precisam saber que você existe, pois se um personagem que se preze deve transar com outros personagens, como exigem certos críticos, as pessoas — e é esse o papel que você representa agora: uma pessoa — devem transar com outras pessoas, principalmente porque a tendência ao metafísico, entre nossa gente, anda restrita a medos estabelecidos ou imaginários e a vagas esperanças que costumam ancorar-se nas esquinas da madrugada, no horóscopo do dia, nos terreiros de macumba ou num banco solitário de igreja. Por isso, você vai sair daqui caracterizado num homem de trinta anos, que é uma idade sem maiores atrativos e que pode evitar o embaraço de te barrarem nos lugares sob o pretexto de ser novo ou velho. Você é um sujeito absolutamente comum, que veste roupas discretas e faz a barba todas as manhãs. Por uma questão de roteiro, apenas, seus cabelos são encaracolados. Nada mais. Uma carteira com documentos é sempre importante, já que você deverá freqüentar determinados ambientes nos quais, sem a devida identificação, e tratando-se de um contato com a realidade desta cidade e nesta época, é bem possível que seja preso antes de cumprir o trajeto planejado, o que não me interessa. Mas não vou te dar um nome, primeiro porque acho isso dispensável no momento, segundo porque não estou com muita disposição de pensar se você tem cara de Pedro, de João ou qualquer desses substantivos que rotulam a chamada pessoa comum. (É claro que, tendo você uma carteira de identidade, deve haver um nome nessa carteira que o identifique. Mas como um personagem anônimo geralmente não tem nome, tal contradição, digamos assim, vai por conta de uma certa licença literária a que tenho direito, creio.) Nessa carteira você encontrará cinco mil cruzeiros, o equivalente atual a um terço do salário mínimo, que, pelos cálculos oficiais, deve bastar para manter viva, educada e feliz uma família durante quase duas semanas. Como você talvez exista só por algumas horas, se não fizer extravagâncias pode ser até que sobre um pouquinho.

Esses conselhos são necessários porque, a julgar pelas características com que formei o seu cérebro, você vai querer fazer extravagâncias: uma inteligência mediana, uma imaginação mediana e um sentido da realidade mediano. Como todo mediano, você vai achar que o importante não é a metade que possui, mas a que poderia conquistar, e tal conclusão vai confundir suas poucas faculdades a tal ponto que a inteligência se perderá dentro da imaginação em prejuízo do sentido da realidade, situação que se agravará ainda mais quando você adicionar a esse cérebro o elemento álcool, pois você, como todo sujeito mediano, é uma espécie de alcoólatra. Não do tipo total, que precisa ser internado — se for rico — ou jogado na cadeia, mas do tipo mediano, que ainda não sonha com a libertação pela loucura nem conversa com anjos nos becos. Mas prometo ser bastante benevolente nessas horas e permitir que sua imaginação fique boiando durante algum tempo, o suficiente para que você se sinta até mesmo um criador, na falta de uma melhor compreensão da realidade. E, como todo criador, você terá a pretensão de entender essa realidade e de poder transformá-la em algo absolutamente falso, embora belo, na sua concepção mediana do belo. Com mais um pouco de álcool, talvez você chegue a acreditar que isso é arte. O problema é seu.

As ruas, e seus animais ferozes. O barulho que cresce à medida que você caminha pode sugerir o fundo sonoro de uma fabulosa aventura marítima, você Ulisses sem Homero nem Joyce singrando mares. Calma: esta cidade não tem mar. O que se aproxima é uma avenida cheia de carros dirigidos por pessoas nervosas e entediadas que bem poderiam querer te atropelar por um pouco de emoção. O sinal fechado é a única chance que você tem de chegar vivo do outro lado, mas convém ser cuidadoso mesmo assim. Veja como os carros parados resfolegam como touros preparando o ataque. Isso desperta em você longas considerações que não me interessam agora, nenhuma delas relativa a encontrar-se um jeito de resolver o problema da travessia.

Então, para não perdermos tempo, corto um parágrafo do texto e você já está do outro lado da avenida. E agora desfila por calçadas coloridas, avançando na direção da praça que serve de núcleo ao aglomerado de lojas que formam a grande paixão dos habitantes desta cidade: o centro comercial. Lojas recendendo a incenso, perfume, pastel, hambúrguer, escapamento de ônibus, de motos, latas de lixo, esterco do canteiro público. Você respira tudo isso enquanto perpassa, com seus olhos perscrutadores, as maravilhas novinhas que te convidam através das vitrines ou no corpo dessas garotas que lambuzam de sorvete de creme a pose adolescente dos primeiros namorados.

Tudo isso te emociona, e sua inteligência mediana sugere que ali pode estar uma fonte sociológica interessante, o que te faz procurar um local tranqüilo de onde observar o movimento e fazer anotações. Um bar, evidentemente. E você descobre um bar, mesinhas na calçada, o chope gelado essa hora da tarde, eis você espectador e crítico em sua trincheira, o cigarro aceso com ar analítico. E você vê a praça se movendo em torno do grande obelisco.

A primeira idéia que essa visão te proporciona é escrever uma peça teatral, e sua imaginação mediana bola instantaneamente o título óbvio: *O carrossel*. Entusiasmado, você anota na caderneta que a peça não terá atores tradicionais, o próprio povo a encenará. Satisfeito, você termina o segundo chope fingindo que não percebe algumas dúvidas surgindo sobre a peça: se é verdade que contratar atores é dispensável e que o palco já está montado, também é verdade que autor e diretor são absolutamente desnecessários, e algo te insinua, pela cara das pessoas que passam, que você estará sozinho na platéia, como agora, o que te faz desconfiar da inutilidade do projeto. Uma apropriação artística do cenário também não parece muito viável, certamente traria problemas com a prefeitura, além do que, como mensagem intelectual, isso seria uma bobagem, pois aquelas pessoas ali estão felizes com o que fazem e se sentem bem no que você considera papel de cavalinhos do consumo, e você não tem nada com isso. O melhor, portanto, é você acabar logo esse chope, pedir a conta e seguir em frente, que o tempo está passando, *seu* tempo está passando. E agora, enquanto você espera o troco, sente a mão consoladora e zombeteira de sua consciência te lembrando que você acaba de praticar um ato de consumo, e assim, solitário e enrubescido, você olha para os lados em desespero, como se ainda pudesse saltar do carrossel em movimento.

As ruas, novamente. A praça fica para trás, com suas cores, e as folhas secas cobrindo a calçada são como papéis pisados à saída de um espetáculo. Por ali você caminha para o seu próprio destino, e sente isso ao notar que o estalido das folhas está se tornando cada vez mais alto. Você está sozinho. Três chopes e esse sol fazem você flanar com leveza — pelo menos é assim que você se sente —, passando por entre carros estacionados, pessoas, esquinas, poças d'água, cachorros, carrocinhas, bebês, babás e tudo mais de que se compõe uma tarde. No ar, uma lição de piano, um programa de rádio, o cheiro de um esgoto aberto, um choro de criança, a idéia do suicida de pijama saltando do alto de um desses prédios, se não desse tanto trabalho subir até em cima.

Essas ruas são tranqüilas em comparação com aquela avenida que você cruzou e mais ainda com a que se aproxima, a que corta a cidade de serra a serra. Porque esta não tem o formato circular daquela, e seu traçado em linha reta e a falta de árvores que dificultem a visão dos motoristas costumam incentivar ainda mais a velocidade dos carros que despencam do grande declive que vem desde os bairros mais frios e sofisticados lá de cima, e eles vêm em grande número nessa corrida dia e noite, e você, flanando como está, jamais conseguirá escapar à fúria deles, o que, acredite, no momento seria lamentável.

Vejo-me, então, obrigado a usar um novo recurso literário, o realismo mágico, e faço você atravessar a avenida voando. Aproveite. Essa sensação é impossível para as pessoas de verdade, ainda que muitas delas consigam curtir algo parecido através de lindas pílulas coloridas, cigarrinhos feitos a mão ou injeções na veia, mas nunca com a lucidez com que te componho agora. Veja os carros de cima, a esteira negra e ilustrada correndo e borrifando o ar e seu rosto com óleo em pó. Pode ser que você fique um pouco nauseado, mas isso não é nada perto da sensação de estar aspirando a civilização. O sonho de tanta gente.

Agora você pousa na calçada do parque municipal e esbarra no cinturão de grades que o cerca. Não se irrite com isso. É preciso proteger o parque para que, no futuro, as crianças possam ter uma noção do que era uma floresta. Existe uma porta estreita ali na frente. Você deve passar por ela, desviar-se dos carrinhos de pipoca, ir descendo na direção dos viveiros vazios e seu chão intumescido de folhas e asas de passarinhos apodrecidas, o playground de gangorras enferrujadas, a carcaça do bar onde bebia o amanuense Cyro. O barulho da rua vai se tornando um zumbido longe, e você já pode descansar um pouco, sentar-se ali na grama, olhar em torno e ver que as pessoas aí falam baixo, com medo do silêncio, ou, simplesmente, como você está fazendo agora, ficam observando resignadamente os patos que cortam com suas setas o limo do lago artificial.

O zumbido já é quase só o vôo dos insetos ou o vento na copa das árvores ou essa moleza pesando em seus olhos. Você vê passar alguns velhos que vêm da Santa Casa logo ali, embrulhando num lenço amarrotado talvez uma receita médica, talvez a carteira de trabalho, talvez algumas moedas preciosas. Vê aquele presumível poeta desistindo de rabiscar no caderno um fracassado poema bucólico. Vê a empregada no banco de frente pro lago, cheia de tanto vigiar as crianças que brincam de pegador e, por isso, deixando-as, azar, nas asas de seus respectivos anjos da guarda.

Um menino e uma menina, agora sem a vigilância da mulher, correm há algum tempo entre as árvores, saltam os murinhos, atravessam o playground, o lourinho ágil fugindo da moreninha de short e grito estridente de aflição. Agora, naquela parte do gramado depois da sebe que veda algum possível olhar da empregada, o malandro diminui o passo o bastante para que sua perseguidora o alcance, o agarre, e ambos desçam rolando até os pés de um arbusto carregado de flores vermelhas. Ficam deitados de bruços, o menino com o braço deixado sobre o corpo dela, arfando com violência e espantando as formigas com a altura do som dos corações acelerados. Dedos encardidos de terra e unhas roídas, a mão pequena que tateia o desenho de Mickey da blusinha dela, e sente os dois montinhos firmes da bundinha dela, as formigas fugindo apavoradas, a grama e sua penugem pingadas de suor, eles fecham os olhos e comem o ar de algodão-doce que vem da chaminé da refinaria de açúcar.

Ou será apenas que você cochilou um pouco, ou sonhou que aqueles sacos de lixo lá perto do arbusto, será?, ou tudo isso nasceu da sua entorpecida imaginação mediana, ou foi essa picada de formiga no rosto que te acordou agora, quando a tarde começa a se apagar e já deve ser hora de fecharem o parque antes que venham os tarados, as bichas, os ladrões, os mendigos e toda essa espécie de marginais que justificam os porretes e as armas dos guardas que zelam pelos patinhos e pelas árvores. Você está sozinho e com sede. Você tem medo do escuro e quer a companhia dos carros lá fora, e por isso corre na direção da porta do parque e agora já pode se sentir feliz em voltar ao palco sob tantos holofotes que te iluminam desde os restos da Serra do Curral até a crista dourada que some por detrás da estação rodoviária.

Eis a noite, exclamaria João Alphonsus. Mas você, ainda que levemente arranhado por sua sensibilidade mediana para reconhecer, como Drácula, que é o luar que traz seus melhores momentos, você sente apenas sede. E sua inteligência mediana logo sugere a providência lógica, beber, e a procura de um lugar lógico para tomá-la, um bar. De preferência, um bar freqüentado por intelectuais, como pede sua pretensão mediana, onde se possa ficar bêbado com bastante charme existencial e sob a admirada compreensão das pessoas comuns. Para isso, a cidade oferece diversas alternativas, quase todas dentro de uma galeria que pelas seis da tarde transforma magicamente esses bancários, auxiliares de escritório, contatos de publicidade, aprendizes de câmeras de TV e executivos revoltados em seres que destilam angústias com os rumos do mundo, tecem longos projetos parabólicos e terminam a noite em babosas confissões homossexuais.

Como dono do seu destino, deixei uma mesa vaga num lugar de onde você possa assistir ao espetáculo. Um chope gelado. Música ao fundo. Você reconhece "Nenhuma dor", de Torquato Neto e Caetano Veloso, "Outubro", de Fernando Brant e Milton Nascimento, "Movimento dos barcos", de Capinam e Macalé. Vê a lourinha e seu companheiro pálido, em silêncio desde que você chegou, os dois em frente a uma Antarctica estagnada, e alguma coisa espeta sua memória, algo que deve constar do emaranhado de lembranças que compõem a espécie de passado que eu criei para você. Você vê brilhando e brutal na espuma do chope uma mulher dormindo, uma cena que pode ter sido o início dessas suas andanças vagabundas pela cidade: ela dormia assim, nua, de bruços, uma perna esticada e outra dobrada, as costas muito brancas, umas poucas sardas aspergidas pelos ombros e o polegar na boca, feito bico de criança. A última imagem dela, com certeza. E você esgota rápido três, quatro chopes, uma dose de conhaque, e deixa para outra hora o jantar que seu bom senso mediano aconselhava como precaução para agüentar a barra da noite.

Mas a noite é grande, eu te lembro, e você repara que ainda tem uns quatro mil cruzeiros no bolso, e já sabendo que a noite é grande resolve fugir do bar, da galeria, daquela tristeza pegajosa, do cheiro de pizza e desencanto, e reencontrar, frio e limpo, o sopro azul-marinho das estrelas. Pelo menos é assim a primeira imagem poética que bate em sua sensibilidade mediana. Mas o que você quer mesmo é mudar de ambiente, e logo pensa nos grandes clubes da periferia da cidade, com seus bailes e mulheres novinhas e cheirosas e coroas empoadas e uísque importado e maridos e amantes e sua espécie de passado volta a te morder com força: é longe demais para ir a pé, esquisito demais para chegar de táxi, complicado demais para entrar sem convite ou sem ser sócio, e você, sem carro, não vai nunca convencer uma mulher desse nível a te acompanhar a um motel. Mas posso te lembrar que no caminho dos clubes existem alguns bares cheios de vida, mulher, ação e música, no fundo é a mesma coisa, e você pega aquele táxi parado logo ali e dá suas ordens ao chofer com autoridade. Você diz a ele: Bandeirantes. Vai dizer o endereço e ele te interrompe, sem deixar de organizar o pagamento do freguês anterior num monte de notas amarfanhadas: "Eu sei onde fica." Você acende um cigarro, um pouco sem graça.

A porta do velho saloon abre suas folhas para a entrada do herói da noite. As mulheres te olham com lascivos olhos adoradores e os homens com agressivas caretas de ciúme. Você não olha ninguém em particular, mas apenas por uma mesa e uma boa cadeira em que possa repousar seu corpo cansado de cavalgar pelas planícies do condado. A cerveja está quente, mas dessa vez você perdoa. A cachaça é ruim, mas nada que um limão espremido e uma porção de batatinhas não enganem. A música é aquela mesma, boleros e guarânias, mas você pode muito bem suportar sua realidade histórica, enquanto pensa, com sua percepção mediana de sociologia: este é o meu genuíno povo. Você acerta a postura em seu lugar e se prepara para assistir de dentro à farra desesperada dos humildes, forçando uma expressão neutra o bastante para não inibir os presentes ou interferir nos acontecimentos.

Agora, com o elemento álcool definitivamente agregado a seu cérebro, sua imaginação mediana flutua além do espesso bafo enfumaçado, do calor, da altura da vitrola automática. Isso te faz esquecer, num instante, do propósito de se manter neutro. Embalado, você vai até o caixa e compra um monte de fichas para colocar na vitrola, e eis você entendido examinando as músicas no mostruário numerado, admirando o efeito que fazem as luzes fortes da vitrola em seu dedo pesquisador. Um antigo Elvis Presley, quem sabe?, um Odair José, Bee Gees, Martinho da Vila, quanta merda, você pensa. E volta carrancudo para o seu canto, a cerveja choca, o resto das batatinhas.

Mas, finalmente, ela chega. Faço passar pela porta dupla a saia curtinha e as pernas grossas que você vê primeiro, bebendo de cabeça baixa. O grande colar de contas e vidrilhos diversas vezes enrolado sobre o busto, e você instintivamente puxa uma cadeira para perto. Ela entende e se aproxima. O aroma forte do pó-de-arroz, as unhas vermelhas e a pela escura, um fio puxado na meia de náilon. Quando você vai falar com ela, sua voz está pastosa. É porque fiquei o dia inteiro calado, você pensa, assustado. Ela percebe que você está bêbado, procura se mostrar compreensiva: "Tá pensando que berimbau é gaita, maninho?" Você não pode engolir o tom maternal da voz dela, mas também não quer perder o jogo. E fica sem saber o que responder. Talvez chegue até mesmo a me amaldiçoar, seja lá o Quê ou Quem eu for ou onde quer que Eu esteja, pois você desconfia que a partitura que eu te dei para tocar no grande concerto de sua vida deva ser executada por dois instrumentos tão vulgares: berimbau e gaita. E faltam dois dentes no sorriso dela.

Vejo então que preciso amenizar seu espírito mediano, e o faço colocando o pé quente e descalço dela sobre o seu, e depois subindo-o lentamente por dentro de sua calça, e ela joga todas as promessas em seus olhos, as narinas um pouco dilatadas e os lábios entreabertos mostrando a ponta da língua ansiosa pelo bote. Você corresponde com seus ternos dedos fortes deslizando pelo braço dela, e seus moles olhos langorosos se enchem da púrpura azul das pálpebras dela, e o som alto e romântico do bolero não te deixa entender o que ela quer dizer com três contos, dois pra mim e um pro quarto, e você se levanta e a toma pela mão e a tira para a contradança entre as mesas até a escadaria por onde o aventureiro levará sua amada nos braços para os jardins proibidos do palácio, onde, nevada pelo luar, ela confidenciará, entre suspiros e beijos, a crueldade do rei que a mantém cativa e seus impossíveis sonhos e árias solitárias que começam a se realizar.

Na porta do quarto nupcial, a camareira cobra mil cruzeiros adiantados. A noiva não espera que você a carregue, como de praxe, e já está lá dentro abrindo o zíper nas costas do vestido, substituindo-o por uma comprida cicatriz roxa. Ela não olha você entrar e se dirige nua para o banheiro. Você ouve o barulho da torneira, depois o da descarga. Olha em torno e vê apenas uma penteadeira, uma imagem de São Jorge, fotos de revistas nos cantos do espelho. Ao lado da cama, um rolo de papel higiênico. Ela volta do banheiro sem a peruca, os peitos murchos, o cheiro de dentifrício. "Você ainda está vestido, bem?", ela diz, contrariada. Você não responde. E começa a jogar no chão os sapatos, as meias, as calças. Ela salta em cima de você, o talco ardido e o bafo. Você não se anima em abraçá-la. Ela te apalpa, te olha, te pergunta se isso não levanta. Você diz que depende dela. Ela desce beijando seu corpo e te suga roçando os dentes, a gatinha pedindo perdão, e você fica olhando o mofo do teto e a grande teta de insetos mortos no globo da lâmpada. Algo assim feito a lembrança de uma mulher deitada de bruços, o polegar na boca, uma perna esticada e outra encolhida, o potro selvagem estrebucha, empina e ela monta, corcoveando.

Deve ser a náusea, a bebida balançando no estômago, o bufar dela esfregando a lixa do corpo em seu peito o que te faz diminuir o galope e empurrá-la com delicado alheamento para fora da sela. Ela não se espanta, mas te olha preocupada. Ela vai me consolar, você pensa. Mas ela se detém alisando seus cabelos encaracolados, e sorri, e pergunta o que foi. Você não responde, ou diz apenas que não foi nada. Ela continua brincando com seus cabelos e cantarolando "Maria tinha um carneirinho", ela mesma inventando uma letra que diz que Maria havia trocado o carneirinho pela bela barba de um bode. Você faz que não entende e busca a carteira no bolso das calças. Tira mil cruzeiros. Ela diz que quer duas notas. Você diz que dá mil e chega, não foi legal. Ofendida, ela pega a nota, diz que você é broxa e te manda sumir daqui, seu viado. Você se veste em silêncio e sai sem se importar com o olhar ameaçador dela. A claridade vem subindo a escada e fere seus olhos vermelhos.

Mas, lá embaixo, o bar ainda está aberto. Você pede outra cerveja e fica bebendo no balcão. Os dois caras ali discutem sobre as músicas que querem ouvir. Você se lembra das fichas, mas custa a achá-las no bolso. Depois se aproxima dos dois, cambaleando, entra no meio deles, diz que eles não entendem nada. Eles não estranham. Afastam-se e riem da sua tentativa em acertar a ficha na vitrola automática. Ela escorrega de seus dedos para o chão. Você se agacha para apanhá-la, perde o equilíbrio e cai de joelhos. Os dois riem alto. Você fica puto e se levanta depressa, derrubando uma mesa cheia de copos. Eles se calam e ficam atentos. Você os encara de cima e repete que eles não entendem nada. "Isso aqui sou eu", você diz, apoiando-se na vitrola. "Sou eu quem está aqui na vitrola, sou eu quem canta essa música triste, e choro toda vez que vocês colocam uma nova ficha." Eles te olham calados. O dono do bar faz um aceno discreto e eles se afastam, vão embora. Você não toma conhecimento disso e volta a tentar introduzir a ficha. O dono do bar diz que a vitrola está desligada e te mostra a conta. Você diz que primeiro vai acabar de tomar a cerveja. Ele não faz objeção e começa a esfregar o chão com um pano manchado de vômito.

Talvez uma hora, talvez cinco minutos cochilando sobre o balcão, você já quer descansar. Então é o esforço para caminhar até a porta com passos firmes, que não fica bem andar feito bêbado pelas ruas. Três, quatro passadas de arranco, os músculos retesados. Mas uma perna de cadeira na frente, o ombro na parede, e você se apóia apenas numa das folhas da porta que se abre, um pé na poça da sarjeta, o tombo para trás. Você reage e se levanta, e vai andando na direção da esquina, onde pode passar um táxi. Mas quem te espera lá são os dois caras do bar. Você tem de passar entre eles, que estão quietos, um de cada lado da calçada estreita. Vem andando, eles te observam em silêncio. Sem que você tenha tempo de entender, um chute na perna, a rasteira, a cara no cimento quebrado, outro chute no rosto, na barriga, você rola para os lados e pára encolhido no canto dessa caminha dura.

Quando acorda, pode ter sido alguém que te jogou água ou eles que mijaram na sua cabeça. O sol está muito quente e sua boca está pregada de sangue. A carteira de dinheiro sumiu. Você vai ter de andar a cidade inteira de volta, voltar ao centro da cidade, cruzar o parque municipal, as avenidas e seus carros, o centro comercial cheio de gente abrindo caminho para você com pena e nojo. Talvez você consiga. Talvez, agora, você consiga chamar a atenção das pessoas. Talvez.

Mas eu já estou cansado disso e tiro o papel da máquina neste ponto, e o guardo na gaveta junto com outros rascunhos já meio esquecidos. Mais tarde, se achar que vale a pena, talvez eu passe tudo a limpo. Posso até pensar em outras situações, posso fazer você recuperar o dinheiro, descansar e sair pra outra, ou, pelo menos, dar a este texto uma estrutura que tenha algum valor literário, algum recurso que valorize um pouco sua figura mediana. Ou não. Pelo menos agora o projeto não está me interessando muito.

Desligo o gravador na voz de Paul McCartney começando a repetir o refrão de "Junk". Saio do escritório e vou descalço sobre o carpete, para não fazer barulho. Abro a porta do quarto e ela ainda está dormindo, ronronando suave neste ar morno. A roupa jogada como ela sempre faz, nem terminou o vinho, acho mesmo que nem provou. Deitar ao seu lado sem incomodá-la, dar a impressão de que fiquei aqui a noite toda. Reparo que ela empurrou a coberta com uma perna mas manteve a outra dobrada. Ela está nua. E se virou de bruços. E parece que colocou o polegar na boca, como uma criança faz dormindo quando não encontra o bico. Esta cena. Alguma coisa começa a apertar nosso coração.

CANTILENAS PARA DANÇAR

A nossa infância

Na nossa infância primeiro aprendemos a matar mosquitos e pernilongos pousados na parede, e admirar o desenho formado pela mistura esmagada. Depois, a pontaria cada vez mais aprimorada, o canto dos passarinhos interrompido pela pedra e seu tombo rebolado através dos galhos até emborcar o bico no chão. Se fincasse, ponto ganho. Abríamos então sua barriga para ver e entender as vísceras minúsculas. Enfiávamos o dedo entre as tripinhas dele e sentíamos, ainda quente, a umidade do seu corpo.

Na nossa infância vimos o pai dar três tiros nas costas da mãe porque ela vestira uma roupa colorida, pusera colar de pérolas e perfume e eles não tinham combinado ir a lugar nenhum. Ela não morreu, mas ficou entrevada, com uma bala na coluna segurando os movimentos de suas pernas e braços. Como ele não trabalhava mas os rendimentos dela eram suficientes para uma vida simples, ficaram alguns anos sentados um de frente para o outro, até o dia em que, tendo revivido na memória até o fundo o que foram e o que gostariam de ter sido, começaram a brincar entre si, da maneira que era possível.

Com os velhos sentados na sala, a porta do quarto aberta para que não suspeitassem de nada, deitávamos na cama de solteiro com a TV portátil ligada alto num desenho animado que abafasse nossos ruídos, e tentávamos inventar novos brinquedos. Sem muitas idéias a princípio, pensamos nos passarinhos e vimos que nossas vísceras eram também quentes e úmidas. E que os olhos assim se reviravam, e suávamos um pouco, afrouxando, abrindo as pernas, até que um gemido mais alto nos assustava e voltávamos a olhar para a TV, onde já passava um filme de piratas, e víamos rostos despedaçados por tiros de canhão, espadas varando corpos, bandeiras gloriosamente tremulando entre negras fumaças, fêmures e caveiras. Deitados lado a lado, cansados, olhávamos tudo aquilo com indiferença e tranqüilidade, os corpos soltos se tocando levemente.

Na nossa infância a escola era apenas um circo cheio de palhaços, macacos e horários, e logo tornou-se, como tudo, enfadonha. A solução era tentar descobrir novas brincadeiras, como espantar colegas e irritar professores. Por isso, rindo por dentro, ele escreveu numa prova de conhecimentos gerais, que valia pontos:

"Infância, s. f., é o período de crescimento, no ser humano, que se estende do nascimento até a morte."

Esperou que as provas fossem corrigidas, esperou que o professor se manifestasse, e nada aconteceu. Passou dois ou três dias em silêncio, sentado no fundo da sala de aula. Às vezes arrancava uma folha do caderno espiralado — cujas pontinhas ele arrancava uma a uma — e desenhava nela quadrados, triângulos, losangos geralmente tortos, riscava setas nas extremidades e reescrevia, até ocupar todos os espaços em branco, a sua frase tão bem pensada. Depois, vendo a turma calada prestando atenção no que o professor dizia, entendeu que não tinha nada a ver com aquelas pessoas, levantou-se, saiu da sala, saiu da escola, andou alguns quarteirões, entrou em casa, jogou os objetos no fundo de um armário e dormiu o resto do dia.

Na nossa infância era muito comum dormirmos durante o dia, para depois, descansados, termos tempo e disposição para ir ver como era a noite lá fora.

Mas a noite, depois de alguns anos, é aquilo mesmo — escura e solitária —, e ele voltou para casa certa manhã e telefonou para ela. Ela veio, como sempre, e ficamos recordando como era boa a infância que vivemos, ligamos a TV do quarto e nos deitamos assistindo a um desenho animado. E voltamos a inventar joguinhos, dando a eles nomes estranhos.

O trique era um deles. Deitados, os rostos separados um palmo de distância, ficávamos nos examinando. Ela via que ele tinha cravos e estava ficando com rugas nos cantos dos olhos, e que seus dentes eram amarelados. Ele via que os olhos dela eram esverdeados e havia uma pequena cicatriz no lábio. Mas não falávamos nada.

Quando encontrávamos um cílio caído, solto, pregado no suor, recomeçávamos o jogo. Pegávamos o fiozinho entre os polegares da mão direita, fechávamos os olhos e fazíamos um voto qualquer, em silêncio. Então, separávamos as mãos. Quem ficasse com o cílio no dedo jogava-o dentro da própria blusa, esperando que seu voto se realizasse. Um sabia do que se tratava, o outro ficava na expectativa.

Algumas vezes, durante esse joguinho, ele se lembrava de que ela gostava muito de falar de insetos como o louva-a-deus, cuja fêmea engole o macho depois do amor, e que sua deusa favorita era a grega Adrastéia, a da vingança. Ficava pensando no pai e na mãe sentados na sala, e que um dia iria comer a companheira antes que ela o devorasse. Nós nos olhávamos sempre com tristeza depois do trique, e nos abraçávamos com força, cada qual acariciando o próprio braço por detrás do corpo do outro.

Outro jogo: o troque. Cada um comprava um caderno onde devíamos escrever o que pensássemos ou sentíssemos com a maior franqueza possível, e guardávamos aquilo bem escondido, com a promessa de que, um dia, seriam mostrados um ao outro. Quando crescêssemos, talvez. Era um jogo difícil, pois os escritos tinham de ser absolutamente coincidentes, linha por linha, dia a dia. Um jogo solitário, silencioso.

Criamos ainda o treque, um jogo de detalhes. Na nossa infância, cada participante do treque tinha certeza de conhecer uma série de detalhes do outro: características, tendências, vontades, passado, presente, futuro. A regra era a troca desses detalhes, o que podia ser feito em lotes ou unidades, mas somando sempre. O objetivo era saber se encaixavam. Às vezes isso não acontecia, mas quem poderia dizer ao certo?

Na nossa infância já percebíamos que nada era certeza, não havia por onde afirmar isso ou aquilo, e era necessário que novos jogos fossem inventados. O mundo, talvez, de redondo que era, com suas perspectivas infinitas. Cada um sairia para um lado, ver no que dava. Saímos.

Ele, que não tinha profissão, resolveu começar carreira de corretor. Não foi difícil vencer, acostumado como estava aos jogos de enganar, logo se tornando um grande executivo. Chegou a comandar cento e tantos subcorretores, despedia uns, admitia outros, era bom ver como se sucediam as expressões de tristeza e de alegria no rosto dos outros. Ela, esperta e bonitinha, foi ser cantora de TV, ficou famosa, saiu em capa de revista. E gostou do mundo. Casou-se com um velho rico e doente que não agüentou suas brincadeiras e logo morreu, deixando-lhe um filho e muito dinheiro. E isso, pelo menos para ele, não estava na regra do jogo.

O sucesso dela só aumentava, aumentando também o desespero dele que, simples corretor, precisava se igualar em importância de qualquer maneira. E começou a gastar tudo o que tinha na esperança de impressioná-la, fazendo sua própria carreira desabar em poucos meses. Sem jeito de fazer outra coisa nem ânimo para recomeçar, saiu um dia do escritório e foi andando para casa, devagar, entrou no velho quarto, jogou a pasta preta no fundo de um armário e dormiu o resto do dia.

A princípio, procurava notícias dela em revistas especializadas, procurava seus discos nas lojas, rodava sozinho pela cidade noite após noite até o dia em que resolveu tentar esquecer-se dela. Para não ficar à toa em casa, passava os dias na mesa do fundo do bar da esquina, com uma pilha de livros e jornais que, pelo menos, o ajudariam a empurrar o tempo até que a noite e o sono viessem. E os livros diziam certas coisas que bem poderiam ajudá-lo a apagar o passado. Destacava frases inteiras, que colocava na parede do bar à sua frente, com um carinho especial para uma de Knut Hansum, em *Um vagabundo toca em surdina*: "Depois veio o tédio, o terrível tédio que cai pesadamente sobre todos os sentimentos exagerados." Era um consolo que um vagabundo tivesse chegado a tal estágio. E ele era isso mesmo: um vagabundo.

A partir daí, resolveu escrever um pouco. Memórias, a princípio. Mas logo viu que seria um contra-senso: ele, que queria esquecer o passado, escrever memórias. Mas inventar ele sabia, e se lembrou de ter lido algo sobre a patafísica, em Jarry, e tentou desenvolver uma tese revolucionária, segundo a qual as pessoas não amadurecem nunca, e que seria, por conseqüência, escrita num estilo circular, que ia e vinha indefinidamente. Empolgado, acreditou que estava chegando finalmente ao fundo do poço da vida, reconheceu-se em Nietzsche, para quem seria preciso um grande caos interior para se parir uma estrela dançarina, e escreveu num guardanapo manchado de gordura de pastel o título de sua tese: "A nossa infância". E não conseguiu escrever nem uma linha a mais.

Os freqüentadores do bar o viam sempre assim: ou lendo durante horas ou falando sozinho, enchendo a parede com as frases que destacava dos livros, e bebendo. Pregou o final de um poema de Robert Frost, "The road not taken", que dizia que toda a diferença era ter ele escolhido a estrada menos percorrida, assim como o trecho de uma ode de William Wordsworth, que lamentava que nada poderia trazer de volta o momento do esplendor na relva, da glória na flor. Nas noites de lua cheia, ele uivava, como Ginsberg, gritando que tinha visto as melhores mentes de sua geração serem destruídas pela loucura. O tempo passava.

Viu no jornal a foto dela, em longa entrevista concedida a um correspondente em Londres, onde dizia ter ido até lá para cumprir um antigo desejo: colocar flores no túmulo de Agatha Christie, sua autora predileta. E dizia: "Flores arrancadas do coração dos meus admiradores, que transmito, através do meu próprio coração, à maior escritora que o mundo já leu." Ele sentiu toda a vulgaridade da coisa, mas não pôde reprimir algumas lágrimas. E uma certa revolta ao ler, no texto da entrevista, a insinuação maldosa do repórter de que os espectadores que foram assistir ao espetáculo dela no Scala de Milão entraram no teatro meio desconfiados e saíram furiosos. Uma revolta que se tornou num certo alívio ao perceber que ela estaria em decadência e a qualquer momento poderia voltar.

Mas ela não voltava, e ele começou a beber mais e a ler menos, dormindo ali mesmo sobre a mesa do bar e incomodando os outros freqüentadores, cujas conversas ele interrompia para recitar poemas magoados e dolorosos, versos que saíam pastosos e incompletos. Recitava, de preferência, "Catimbó", de Ascenço Ferreira, "O corvo", de Edgar Allan Poe, e "A dor", de Adão Ventura, momento em que era escorraçado pelo dono do bar para a rua. Encostava-se então na árvore em frente e ficava algum tempo parado, como que dormindo. Depois vomitava, o que o fazia despertar e se lembrar, amargurado, do que F. Scott Fitzgerald dissera em *A derrocada*: "Numa noite realmente escura da alma são sempre três horas da manhã, dia após dia." Isso, geralmente, ocorria mesmo às três horas da manhã, e ele, como Scott, voltava para casa em passos lentos, pelas "infindáveis avenidas de chuva".

Avenidas que ele percorreu até o dia em que ela voltou. Encontrou-a cantando num restaurante, mas não teve coragem de ir falar com ela. Deixou um bilhete com um garçom e retirou-se de leve, como sempre. Ela leu o bilhete, lembrou-se de tudo e, inveterada jogadora que era, veio correndo ao seu encontro e recomeçamos os joguinhos de sempre. Fizemos muitos outros jogos, aprendidos pelo mundo, sem nos esquecermos do trique, do troque e do treque, este último com um dado novo, que era encontrar no filho que ela trouxe os detalhes que ambos trocáramos anos atrás. Uns coincidiam, outros não. Mas jogamos até quando nossas forças e idéias já cansadas permitiram.

Uma tarde, voltando do bar — que a vida tinha encravado esse hábito em nossa infância —, ele a viu se vestindo toda colorida, com perfume e colar de pérolas, e não tínhamos combinado ir a lugar nenhum. Sem pensar em mais nada, deu três tiros nas costas dela. Ela não morreu, mas ficou entrevada, com uma bala na coluna segurando os movimentos de suas pernas e braços. Como ele não trabalhava mas os rendimentos dela eram suficientes para uma vida simples, ficamos os dois sentados alguns anos de frente para o outro, relembrando as brincadeiras da vida passada e procurando criar um jogo novo, a que não tivemos coragem de dar nome, mas que era tentar ouvir através do som alto de um desenho animado que vinha da porta aberta do quarto os ruídos e gemidos encobertos do filho e sua amiguinha que, possivelmente, estariam — estaríamos? — agora abraçados e amedrontados, cada qual acariciando o próprio braço nas costas do outro.

Oh, Bernardine

O tênis branco, a blusa de lã vermelha com uma letra H bordada no lado esquerdo, a flâmula da escola na parede e a pilha de discos num canto desse meu quarto de pensão. Penso em tudo isso aqui na cama, apesar do cheiro amarfanhado do lençol insistir em me lembrar como foi que eu vim parar neste lugar depois de tantos anos. Pregada na porta do guarda-roupa, uma folhinha de 1959, que nunca tive coragem de trocar. E, lentamente, me levanto para preparar o corpo que vou ter de carregar até a rádio onde me sentarei no estúdio para atender os pedidos que outras pessoas, com motivos parecidos, fazem para agradar ou comover as pessoas que amam.

Óleo Palmolive nos cabelos, ajeito os fios arrepiados nas partes ainda não de todo opacas do espelho, inclinando-me num ritmo compassado de rock lento e no cuidado dançarino de não derramar o refrigerante que peguei no freezer esticado pelo cinemascope, compondo assim a cena do coro que acompanha Pat Boone cantando para o cartaz que simboliza Bernardine, a impossível namorada. A moça do sorriso manso, de olhos fincantes, em que ele vê Bernardine, e suspira. São oito horas da manhã de uma terça-feira.

Hoje me pediram músicas de Natal a manhã toda. São canções novas e antigas, para todas as idades, como diz meu slogan de radialista, o que realmente atrai todos os tipos de ouvintes. É claro que tenho minhas preferências, mas com o tempo aprendi a respeitar o gosto dos outros, ou a dor de cada um deles, pois não me lembro de ninguém pedindo uma música para alegrar-se. As cartas que recebo mostram isso, assim como o tom de voz das pessoas ao telefone. Muita gente anda triste por aí, essa é a verdade.

Mas a recompensa sempre vem através de agradecimentos que me chegam todos os dias por casamentos, noivados ou namoros reatados, as lágrimas da mãe solitária que pede constantemente "Saudades da Bahia" na esperança de que seu filho volte para casa, ou a sentida confissão de um rapaz de letra caprichada que, depois de me fazer tocar durante semanas a fio, faixa por faixa, alguns long-plays de Nat "King" Cole, resolveu desistir definitivamente de reconquistar seu antigo colega de internato. Mesmo assim, dizia ele, a chama da esperança não pode se apagar, e conto com o senhor que, atendendo-me os pedidos, impede que eu desembrulhe aquela gilete enferrujada e acabe de uma vez com meu suplício.

Foi meu chefe e mestre Camargo quem me ensinou as regras elementares da profissão. Dizia ele que o bom disc-jóquei precisa, em primeiro lugar, ser uma extensão do desejo de seu ouvinte, atendendo-o com educação e de forma tal que demonstre apoio e cumplicidade, dando toda razão ao pedido feito, não como uma vitrola, mas como um conselheiro íntimo que estivesse de acordo com a receita sugerida pelo próprio cliente, sim, é essa a música que deve ser tocada. Então, o ouvinte se sentirá ao lado de um velho companheiro de bar, pois esse breve diálogo tem o sentido de um reencontro, e tomamos uma cerveja juntos no embalo da voz romântica que está cantando.

Meu chefe e mestre Camargo falava também que a permanência de um disc-jóquei à frente de um programa por muito tempo era vista com entusiasmo por diversas autoridades de suas relações, que lhe segredaram a importância da ligação sentimental a músicas e fatos do passado como fator de controle emocional da população. Camargo dizia umas coisas estranhas, de vez em quando. Era um homem muito culto. As pessoas, dizia ele, em geral não têm objetivo nenhum na vida a não ser invocar o passado, o que houve de triste ou feliz no passado. Por isso elas telefonam ou escrevem tanto, chorosas, atrás de suas dores antigas. O nosso povo só se importa com o passado, dizia ele, e sorria: o futuro a nós pertence.

Disse essa frase poucas horas antes de sofrer seu primeiro enfarte, e eu nunca mais a esqueci. E desde então começou a sugerir, um tanto sem graça, que eu tocasse às vezes algumas valsas austríacas, suas preferidas, aquilo sim era música, aquelas cortes repletas de nobres rodando pelos imensos salões de mármore. Fica ao meu lado solfejando suas valsas, distraído, e, depois de tentar dar um rodopio em torno da própria barriga e se lembrar de que não pode fazer muito esforço, sai lentamente em direção ao gabinete onde trabalha, metodicamente, duas horas pela manhã, duas horas à tarde.

Eu só volto à noite, para o programa de encerramento. Neste eu não tenho de atender pedido algum, e posso escolher as músicas de que realmente gosto. O estúdio fica praticamente vazio, só o contra-regra e o porteiro além de mim. Coloco as fitas escolhidas e deixo que as músicas saiam livremente, só parando de dez em dez minutos para os comerciais. Tenho, portanto, intervalos de dez minutos, vários intervalos de dez minutos para ficar descansando, pensando, lembrando, olhando a folhinha na parede que a cada mês troca a moça que bebe um refrigerante e olha para mim com um sorriso branquíssimo. Todas têm lábios muito vermelhos, olhos cintilantes, cinturas finas e shorts bem talhados, camisas entreabertas com as pontas amarradas, como se não tivessem botões. Todo mundo tem um passado, dizia Camargo, e Camargo sabe das coisas. Com as mãos entrelaçadas na nuca, os pés estirados na cadeira em frente, Pat Boone relembra o tempo em que passava o tempo à toa, num dia como hoje, escrevendo cartas de amor na areia. A moça deste mês me olha da folhinha e eu estiro os pés por debaixo da mesa, e assovio.

A folhinha que, na hora do comercial, me faz lembrar o quarto da pensão e o que eu sinto quando acordo. O cheiro dos lençóis e as manchas bolorentas do espelho. A folhinha parada em 1959 vem me lembrar velhos filmes românticos, tardes chuvosas, a quadra de basquete molhada, a gangorra úmida do clube rangendo enquanto o filme voltava a rodar em torno do fícus e da arquibancada de madeira, esperando que Bernardine cruzasse a portaria e viesse para cá, onde ficaríamos sozinhos.

Que a minha vida agora é essa. Ficar esperando que Bernardine entre pela porta do estúdio e venha ficar comigo. Mas, mesmo à noite, o telefone costuma tocar com pedidos de músicas que preciso explicar só tocarão no programa da manhã. E até de gente que não pretende ouvir nada, mas pedir ajuda para localizar parentes desaparecidos, ou apenas conversar, ou, e isso acontece muito, alguma mulher solitária que quer me conhecer. Digo sempre que não é possível, essas coisas não acontecem assim. Não que um encontro não pudesse se tornar uma aventura interessante. É que me acostumei a esse tipo de vida, de ficar recriando, pela música, meus filmes, meus momentos, minhas épocas, tentando fazer minha vida à parte das pessoas que conheço. Pois eu assumi meu passado. E, a cada dia, quando ele volta, é como se tudo fosse acontecer novamente, sem os enganos de antes. Como ainda quero que seja.

Passo, então, um óleo nos cabelos para evitar que o vento desmanche o penteado, e vejo, pelo espelho, a camisa branca e o terno bem passado. Depois da barba, a loção Lancaster e o cheiro frio que enche o quarto, vou vestir a camisa, dar um laço fino e justo na gravata e colocar nela o prendedor de madrepérola, um botão acima do cinto. Os amigos esperam no bar para mais uma rodada de rum antes de sairmos nós quatro para a festa. Vamos em silêncio, cada qual imaginando os primeiros passos na sala ainda vazia com três garotas sentadas no sofá, um casal conversando na varanda, talvez até garçom servindo uísque que, logicamente, beberemos on the rocks. Vindo lá de dentro, ela vem com os lábios muito vermelhos e seus olhos afinam uma luz que poderia estar me procurando. O conjunto de Ray Conniff está acabando de executar "Besame Mucho", parece que ela vem na minha direção.

A próxima música na fita rodando dentro do estúdio talvez me lembre o carnaval de 63. Talvez não.

Lembra apenas uma outra festa — ou teria sido num desses barzinhos da cidade, há alguns anos. Pode ser. Agora é apenas uma fita tocando, agora que vai chegando a hora de dar boa-noite aos meus queridos ouvintes. Mas ainda falta um pouco, uns quinze minutos.

Outro dia mesmo, pela manhã, depois de uns três pedidos normais ao telefone, Bernardine me chamou:

— Alô, sabe quem é?

— Não.

— Sabe sim, você não se lembra de minha voz?

Pensei um pouco. Talvez lembrasse.

— Leda? Vitória?

— Não.

— Maria Ângela? Dorinha?

— Você não se lembra mesmo? Quem são essas que você está falando?

— Umas pessoas que eu conheci.

— Não tem importância. Eu só queria pedir uma música, seu bobo. Você não vai se lembrar mesmo de mim.

Olho para a folhinha, suspeito que sim, só pode ser ela.

— Bernardine?

— Que Bernardine?

— Nada. Que música você quer ouvir?

— "Meu primeiro amor", com a Nara. Tem?

— Tem sim. Vou anotar.

— É só isso. Obrigada.

— Não tem de quê.

Procuro o disco na prateleira, onde ficam os que ainda não passei para as fitas. "Meu primeiro amor" é a penúltima música do programa. E não me diz absolutamente nada.

Agora vem o momento em que deixo o estúdio, dizendo até-amanhã ao contra-regra e ao porteiro, que vão ter de esperar o acalanto de Caymmi terminar para que a estação saia do ar. Amanhã estaremos de volta. Saio e vou ter de caminhar até o ponto do ônibus que me levará de volta ao quarto da pensão. Mas estou sem sono ainda, meio agitado pelo telefonema do outro dia. E, como sempre, o último ônibus já se foi. Tenho então de continuar andando, passar por entre os bares que ficam abertos até o sol nascer, que é quando as últimas prostitutas tentam arrastar os últimos bêbados para seus quartos.

Entro num deles — por que não entraria? — e vou direto à vitrola automática, onde fico algum tempo escolhendo a música que quero ouvir. Leio o mostruário de um lado a outro, volto, fico em dúvida. Nada.

— Por que você não põe essa, meu bem?

A mulher tem bafo de cerveja, olhos amarrotados. — Põe você. Toma a ficha.

Ela põe a ficha, os discos se movimentam e cai uma música qualquer. Ela pede que eu lhe pague uma cerveja. Digo que pode pedir. Ela diz que eu sou um amor. Não respondo. Quer me dar um beijo. Não reajo. Encho o copo dela e o meu. Bebemos em silêncio. Vários cartazes nas paredes, anúncios de refrigerantes, cigarros, bebidas alcoólicas. Ela me pergunta se eu sou sempre triste assim. Digo que não, só às vezes. Ela se chateia, mas pede outra ficha. Dou todas as fichas que tenho no bolso e um dinheiro para a conta. A rua lá fora me espera, andar até meu quarto, respirar o ar dessa noite, chegar, abrir a porta e reencontrar Bernardine sorrindo para mim.

Toda manhã ela volta

Toda manhã ela chega trazendo a sacola de compras, passa os dedos por sobre os óculos redondos para afastar a franja caída e sorri para ele. Por detrás do balcão, ele respira fundo a primeira vez quando a vê surgindo na porta, a segunda quando ela ajeita os cabelos e a terceira quando o sorriso dela o atinge. Tanto tempo que isso vem acontecendo, ele já devia ter se acostumado. O tipo de mulher que precisa ser evitada, a freguesa e o açougueiro, em seus mundos, mas toda manhã ele se esquece disso e procura atendê-la da melhor forma possível, mesmo sabendo que num instante ela irá embora e ele vai ter de atravessar todo o dia na espera da manhã seguinte, quando ela voltar.

Essa mulher deve ser das que freqüentam o restaurante do alto da serra, aonde levo as encomendas. Já vi uma porção delas pela janela da porta da cozinha, acho até que era ela quem estava lá outro dia. Da porta da cozinha a gente vê boa parte do salão de refeições, quatro ou cinco mesas bem nessa direção: casais esperando o jantar ou um drinque, homens que conversam gesticulando, um sujeito gordo e uma mulher de costas para mim. A mulher de costas para mim se parecia demais com a que vem ao meu açougue todas as manhãs, e o garçom que servia a mesa dela disse que eles queriam peixe com molho de camarão, vinho branco, que eles não tinham pressa mas queriam tudo muito bem-feito, com os talheres adequados e tudo mais. O homem tomava uísque com soda, a mulher peppermint com gelo moído. Unhas longas com esmalte escuro, as mesmas unhas que todo dia bem cedo ela chega e me pergunta o que tem hoje, talvez uma alcatra, ou um lombo?

> Ele traz a alcatra, coloca na frente dela e espera pelo exame minucioso. Com a ponta dos dedos, evitando que as unhas encostem na carne, ela toca bem de leve para ver como está tenra. Ela parece saber, na ponta dos dedos, se a carne é boa, seus dedos experientes,

mas nunca quanto minhas mãos que conhecem todo tipo de carne, e mostro isso nos dedos grossos de cortar osso, os cabelos do braço respingados de sangue. Ela me perguntou como é que eu podia viver entre tanto sangue, mas logo logo pediu desculpas, dizendo que era falta de delicadeza dela perguntar aquilo, afinal era o meu trabalho. Ela então achou que precisava conversar mais um pouquinho para tirar qualquer má impressão. E perguntou como eu fazia para cortar tão certinho a carne. "Fico horas para separar as fibras", disse ela, "e minhas unhas ficam imundas de sangue, tenho de passar até acetona."

Em frente ao espelho, depois da acetona, o esmalte escuro. Depois esse vestido cor de vinho que ela usava no restaurante, não do vinho branco que o garçom levou dentro da vasilha com gelo, mas tinto, sangrento, esse vestido com um decote que margeia os pequenos montes lisos que ela comprime ao se inclinar na direção do gordo para ouvir o que ele diz, e que o garçom me contou como foi: os dois montinhos se juntando, formando leves rugas que mergulham no corte profundo vestido adentro.

> Ela se inclinou na direção do homem, interessada em ver como ele cortava a carne, o facão mostrando manchas de sangue de espaço em espaço, mas também seu fio quase invisível e infalível que só o brilho da luz pode confirmar, ele põe a mão esquerda, grossa, leve, pousada sobre a posta de carne e corre o fio da faca alguns centímetros sob ela, vai descolando, abrindo feito um zíper a carne e logo está pronta uma fatia, depois outra, os olhos dela seguindo com interesse. "É preciso muita prática", diz ela, encantada.

Um dia ela perguntou qual era a carne mais macia e ele disse que era o fígado, e colocou uma partida bem grande de fígado sobre o balcão e deu-lhe um corte pequeno, de uns dez centímetros apenas, apenas para mostrar a ela como podia cortá-lo, e enfiou o facão algumas vezes no centro do corte até que se produzisse uma agüinha a princípio tímida, depois umedecendo a lâmina do facão, ele calado, ela calada, olhando o fígado fendido, a abertura, o facão entrando e saindo, aquela agüinha brotando. Olhou para ele e saiu, sem dizer mais nada. Voltaria amanhã.

Ela vai voltar amanhã, sim, pensa ele, olhando através da porta do restaurante. O garçom passa levando o peixe numa travessa, o molho de camarão noutra. Eles param de conversar enquanto o garçom os serve, ela recostada observando a posta branca de peixe circundada pela fina pele malhada. Pega com a ponta dos dedos os talheres e sua primeira providência é se livrar da pele, um toque com a faca, empurra o resto para o canto do prato, a pele vai se desgrudando e mostrando a carne branca onde ela crava o garfo, inclina-se um pouquinho só para introduzir aquele pedaço na boca, os lábios estão úmidos, ela estreita os olhos e diz que é uma delícia.

O que não combina com o quadro são as mãos balofas do homem pegando desajeitadamente seus talheres. O garçom me disse que o cara deixou cair molho de camarão na toalha, e isso eu achei legal. Não sei bem por que, talvez porque eu nunca tenha feito nada desajeitado na frente dela, mesmo com o avental todo respingado de sangue, pois para cortar osso a gente precisa deitar a carne no cepo e bater firme com o machado, respinga mesmo. Mas é da minha profissão ficar sujo de sangue, ela sabe disso, minhas mãos estão sempre dizendo isso a ela. E ela não tem nojo disso não, ela agiu até com naturalidade quando tocou no meu braço e pediu aquela partida que está ali, "essa aí", disse ela, apontando através da vidraça do freezer, e eu me abaixei do lado de cá e ela ficou abaixada do lado de lá, olhando através da vidraça, seu decote apertou-lhe os seios formando leves rugas. Peguei a carne, coloquei-a sobre o balcão, pesei, ela pagou, foi-se embora.

Mas na manhã seguinte ela sempre volta. Ela tem um motivo para me ver todos os dias, precisa comprar sua carne, ou talvez não, acho que não tinha necessidade, uma mulher feito ela deve ter gente que faça compras em seu lugar, mas ela faz questão de vir bem cedo. "É a melhor hora para se comprar uma carninha fresca, essa", ela sempre diz. E a única em que o açougue está vazio, invariavelmente. Ela costuma investigar primeiro os produtos expostos, depois vem e diz bom-dia, como vai o senhor, eu queria. E diz o quê. Ou não diz, espera que eu dê minha sugestão, fico pensando enquanto passo a mão espalmada sobre o filé que veio esta madrugada, com delicadeza, ela repara, eu sei que ela repara.

Ela repara como ele passa o facão sobre a pele do toucinho para cortar os pêlos, é como se fizesse a barba. Um dia, mostrou a ela como era afiado o facão, passando-o sobre o braço e cortando um pouco de cabelo. "Não faça isso", disse ela, e agarrou seu próprio braço, como se antecipando. Ele parou e riu. Seu momento de superioridade: "Não tem perigo." E ela tomou mais confiança, sabendo da perícia dele, da prática em lidar com coisas perigosas.

A essa hora, bem de manhã, a parte de trás do açougue está deserta. É lá que eu durmo, ela sabe, eu mesmo disse a ela quando me perguntou como é que eu conseguia acordar tão cedo para receber a carne, preparar tudo e abrir o açougue. "Tenho um quarto aí atrás", respondi. Ela mudou de assunto. Uma cama onde durmo e um cepo onde corto osso, às vezes o sangue respinga sobre os lençóis, o cheiro é ruim, ela deve ter imaginado. Mas demorou um instante para mudar de assunto, antes imitou até o meu cacoete de alisar a carne sobre o balcão e se assustou ao ver que sua mão ficara avermelhada. Pediu desculpas. "A senhora pode ir lavar lá dentro", disse eu. Ela pegou seu embrulho, foi saindo. Mas amanhã ela volta, tenho certeza.

Ela vai voltar porque ainda não se decidiu. Não decidiu ainda se estende as mãos sobre os dedos balofos do companheiro sobre a mesa, logo que ele deposita o guardanapo com que acabou de limpar a boca, os bigodes, e olha para ela um pouco sem fôlego. Ela olha e não vê meus dedos grossos e sujos, avermelhados como nunca estarão os dele, e fica em silêncio para não incomodá-lo, que ele está ouvindo a música de ambiente que o restaurante toca para distrair os fregueses, distração que só é interrompida com a chegada do garçom com a conta, e ele fica lépido, retira o cartão de crédito, posso imaginar o brilho da pulseira do relógio dele.

Os dois se levantam e caminham para o lado de lá, sem se voltarem. Vão, na certa, passear na varanda que mostra toda a cidade, a varanda de onde se pode ver as luzes respingando por vários quilômetros, algumas estrelas e um vento que transforma as flores e os guardanapos coloridos de papel ali jogados num jardim mais amplo. Lá será servido o licor e o cafezinho, para onde eles vão lentamente, ele dando o braço a ela. Visões que se misturam da varanda ao quartinho nos fundos do açougue onde ele rolou a noite inteira na cama aflito para dormir pelo menos um pouco, que já é quase hora do caminhão frigorífico chegar com o carregamento do dia. E ter de limpar a carne, substituir as que sobraram no freezer, passar a vassoura e o esfregão nessa sujeira de ontem, pôr mais papel de embrulho sobre o balcão e ficar esperando que ela chegue.

Porque ela vai voltar, esta manhã. Sabe que estou esperando por ela com tudo pronto, o balcão, o cepo de cortar osso, as mãos já sujas, como sempre sujas. Pois é a minha profissão. Mas ela sabe que tem de vir, mesmo depois do passeio pela varanda do restaurante — era ela, tenho certeza —, de ter se demorado vendo o relógio do companheiro faiscando entre as carnes balofas do braço dele, e onde ela viu um reflexo semelhante ao que faz meu facão nas partes ainda não cobertas de sangue.

Velho anel de prata

É como aquele velho anel de prata que eu vejo a boca do cano desse revólver de mentirinha que você aponta para mim, de mentirinha porque tão pequeno e tão de acordo com o laqueado de sua mão que o envolve agora, a mão sem luva que o empunha firme e o mantém apontado para mim nesses segundos em que perdeu o tremor no claro de que é isso que tem de ser feito, isso mesmo, uma simples pressão de seu dedo e a borracha será passada, tudo será passado, a luz cortada, o fim marcado no estampido breve e limpo.

Esses segundos quase mecânicos depois do silêncio, o espanto que amarrou nossas bocas e o rato sufocado atrás de uma saída, esse quarto e os corpos explorados até a repetição, até que se atingissem todos os limites do quarto e dos corpos, até que o quarto e os corpos de tão juntos se anulassem, e o rato corre por sua vida, e então vê que pode sair desde que sejam cortados o quarto e o outro corpo, a saída vista num relance, a oportunidade, e se a decisão precisa ser firme a mão perde o tremor e por isso eu vejo sem surpresa sua mão agindo com segurança e o fogo que sai do cano é o coice que me acerta o peito sobre o coração que se perfura e explode dando início ao desajeitado embalo para trás, meus olhos e braços abertos — como é que se cortam imagens e sons e fatos guardados há tantos anos? —, o rosto que me olha com os mesmos olhos escancarados — como é que se cortam? —, misturando nossas certezas à mesma pergunta inútil.

E ao mesmo tempo em que os acordes do tiro resvalam de uma parede a outra, sons e imagens correm para fora de meus olhos para a porta de incêndio, a porta da jaula, correm e encontram seus cabelos soltos, enrolados de sono, e seus lábios que se abrem e fecham e se dilatam e roçam e chupam e se crispam e se abrem novamente, se alisam, se umedecem contra os dentes que bicam sem ferir a ponta da minha orelha entre sopros e suspiros mornos. Chegam e recompõem a cuidadosa escalada para cima de seu corpo tenso e pronto a se desmanchar no espasmo que começa na ponta da língua dessas coisas tão sabidas e mais uma vez renovadas, e que mais uma vez se contrai ao sentir a bala quente penetrando nesse lado esquerdo do peito onde um bico de seio espeta a palma da mão que o encobre delicadamente, correndo em busca do coração que vai explodir de tanto bater, as vísceras se contorcendo de tanto prazer, dor, desatando o nó dos nervos que mal se enroscaram no estômago que se agita quando as pernas se fecham em torno de minha cintura e se afrouxam no movimento pendular sem retorno que já não pode ser detido, o estampido enchendo todo o quarto, o quarto girando, o corpo entregue.

Os corpos entregues lado a lado, enfim, com a respiração enfim domada, um olhando para o outro sem coragem de perguntar nada e se respondendo com o mesmo tipo de olhar serenado e a mesma dúvida, o que você sente é o mesmo que eu sinto e este foi um fim que recomeçaremos daqui a pouco, recomeçaremos até o momento em que isso será impossível e as imagens que estão escorrendo dos meus olhos para os seus e que deles voltam confirmam que agora é definitivo, este instante em que a pequena bala é ponto final, e logo a certeza de que aqui começa uma nova frase, no som e no clarão por onde passou a bala feito janela de trem correndo na noite, olho de gato na fresta da porta, flash de foto, risco de estrela nessa íris negra, ânsia clara de champanhe fervendo suas ondas contra as bordas da taça.

A taça, o champanhe de cristal semovente, e, através dela, faísca dançando o anel de prata que coloco em seu dedo laqueado de tão branco, e sobre ela ficamos um instante em silêncio, sabendo que o que eu sinto é o mesmo que você sente e que este foi um início que deveria ser sempre renovado, o instante em que se revive todos os momentos da vida como o instante dessa lança no corpo como o tapa no rosto, o sangue nos dentes e o gosto azedo dos momentos irrecuperáveis, ali no canto de castigo contando as perninhas da formiga que sobe apressada pela parede com medo do tamanho do olho que a espreita antes de se vingar nela com a ponta do polegar, esmagá-la, deixá-la marcada pelos sulcos denunciadores de minhas impressões digitais nessa taça percorrendo ásperas o seu corpo que de novo se arrepia ao ver minhas mãos batendo contra a parede e se abrindo sem forças, sem impedir a entrada da bala ou conter o sangue saindo do coração ou segurar sua mão sobre a mesa, ao lado da taça, que deixa cair o revólver com o toque surdo de meu corpo, e as formigas que o invadem vingativas.

As algas e peixes fininhos que vazam gosmentos do meu peito, esse fiapo de sangue engrossando: o suor mesclado no beijo dos corpos se pegando, a baba viscosa pregando a boca e o sexo vermelhos feito mãos desesperadas tentando ainda recuperar meu corpo que se afasta, que tomba para o lado, para trás, para sempre, para dentro de um sono, do vácuo que precisa ser preenchido com mais prazer ou mais dor, o escuro, o momento presente que renova o susto de todas as vezes, o espaço que falta na respiração que não se controla cheia do vento forte desse caminho de certa forma acabado, a cerca beirando o abismo, o palmo de terra deslizando sobre o corpo em que se prega e faz que foge e volta e cai e se retém no tempo suspenso, dominado, pronto.

O momento presente, fixo, tudo. Tudo aqui dentro do quarto entre mim e você, essas imagens todas entre mim e você, essa explosão seca entre mim e você, esse fio de fogo de você para mim, esse olhar detonado de mim para você, esse olhar espantado de você para mim, essa queda para a frente de seus olhos para os meus, esse olhar desatado de mim para você. Tudo: começo e fim. Aqui. Agora. No som deste estampido. E o espaço único, nós dois, mais nada.

Nada mais além do susto de todas as vezes, agora, agora: como seria se este momento se invertesse e a bala tivesse percorrido o sentido contrário, e se fossem seus olhos a se dilatarem, e se fosse minha mão a se fechar ainda em garra sobre a coronha do revólver, com mais força ainda depois do disparo, que aquela coronha seria agora o seu pescoço sendo estrangulado com firmeza e precisão, o sangue sumindo dos meus dedos que apertam e fazem seu sangue colorir fortemente o rosto, e abrir mais ainda seus olhos que então saltariam para dentro dos meus olhos e ali mergulhariam em busca de uma razão qualquer e se fixariam dentro do meu cérebro com todas as perguntas se é possível cortar-se assim mais que a vida, que essa vai ficar presa no concreto em que estamos, o quarto escuro sem paredes e sem janelas e sem portas, mais que a vida que este estampido não apaga, ou antes, marca, como ponto de referência, as suas perguntas que eu não posso mais responder.

O que você vai fazer com o meu corpo agora?

Deixar aqui jogado no quarto?

Aqui jogado até que apodreça e vire puro nojo?

E o que você vai fazer com este quarto?

Tocar fogo nele?

Mandar derrubar?

Salgar?

Fazer dele uma salinha para o baralho ou a televisão ou o crochê vagaroso das lembranças que você vai tecer e desmanchar e refazer até dar a ele um sentido que o explique?

Ou encontrar um ponto qualquer no trajeto que desvie os acontecimentos?

Um ponto em que a agulha e o fio descosido da linha da bala resvalem para um novo sentido?

Fazer do meu corpo o que sempre fez, despertá-lo, renascê-lo, sugá-lo e depois procurá-lo novamente e repetir seu gosto quando seu corpo pedir?

O que você vai fazer com um corpo sem possibilidade de repetição?

Tapar o furo no peito?

Remendar as costelas?

Costurar o coração?

Deter o fluxo do sangue?

Apagar a foto do tiro em meus olhos, boiando no que poderia ter sido uma lágrima?

A lágrima que vejo chegando à tona dos seus olhos, agora que a fumaça — tiro? cigarro contra a lua? nuvem em forma de dedo se dissolvendo dentro do velho anel de prata? — se esgarça, lágrima que pode também ser apenas o reflexo do disparo ou a ponta da acusação ou da certeza de que tudo vai acabar neste instante em que meus olhos começam a secar, cristalizando sua imagem de pé na minha frente apontando esse revólver de mentirinha que eu duvido que você tivesse coragem de usar, o estampido, sua imagem que vai desaparecendo à medida que meu corpo derramado cristaliza a imagem que ficará gravada em meus olhos como o ponto onde retomar a busca para sempre de um novo começo.

VITROLA DE CABARÉ

A morte da ave noturna

A grande cama colonial, com suas peças de madeira pesada formando o quadro colorido de sangue onde se deita Colibri, sugere apenas um corpo em descanso depois de uma bela noite de amor. Mas o que ali está é um metro e meio de homem magro, de terno preto e gravata prateada, a camisa raiada pelo caldo grosso que descera da fenda do pescoço, os olhos semi-abertos em direção ao teto. Ele estava morto, o rei da noite derrubado por um golpe de navalha, cujo ataque, a julgar pela serenidade que mostra o cadáver, não era esperado.

Pelos corredores do casarão, as mulheres mantêm-se caladas, as marcas de cristal do susto em seus olhos, bocas secas e dedos que se crispam a todo instante, sem saber o que dizer sobre o crime. Apenas uma, Irene, ausente. Assim mesmo por ter entrado em estado de choque ao descobrir o querido protetor quase degolado no mesmo leito que tantas vezes os envolvera naqueles últimos anos. Não se sabe de um motivo para um fim desses.

Quem visse Colibri à noite, lá pelas quatro da madrugada, voltando tão satisfeito do pequeno escritório encravado num prédio em plena zona boêmia, tinha de pensar na figura de um estranho pai de família cujo arranco de liberdade tivesse saltado de problemas longamente palmilhados, muito tempo gasto na sombra e, afinal, a noite do homem recompensada diversas e carinhosas vezes sobre um corpo bem mais moço e sem lembranças e sem passado. Colibri, terninho preto e bigodes finos, um lenço pontudo no bolso do paletó, passava cumprimentando as mulheres, despedindo-se delas, das que já haviam terminado o período de trabalho. E sorria com a certeza de que gostavam dele, de que gostavam do seu hábito de deixar sempre nos quartos delas flores e bombons, e de sua pontualidade no pagar, de quinze em quinze dias, o salário combinado de acordo com a assiduidade e o rendimento de cada uma. Não gostava de bater nem de gritar. Não era feito os outros.

Era um homem pequeno, de mãos bem cuidadas e fala mansa, e a primeira imagem que se teve dele foi a do freguês silencioso e paciente na sala de espera da pensão da Aracy, horas e horas esperando que Mariceli pudesse recebê-lo e a recebia como se fossem arrumados só para ele o amarfanhado dos cabelos dela e o olhar cansado, a menina que por muito tempo chorara no quarto escuro e que, afinal, ia poder dormir em seus braços tranqüilizadores. Do fundo do bolso de seu paletó surgia sempre a mágica de um presentinho, uma flor, algumas notas vermelhas.

Depois veio Helena, cabelos ruivos se espalhando sobre o travesseiro, e Joana, a noite parando naqueles olhos que tinham de ser azuis. E muitas outras. Até que o coração de Colibri parou no galhinho seco que ia se tornando Irene, a loura magrinha que chorava e se desculpava todas as vezes que seus gemidos mais altos se transformavam na tosse forte que começava a perfurar seus pulmões.

Foi Colibri quem arranjou médico e pagou o tratamento até que ela ficasse boa e pudesse voltar ao trabalho. No hospital, mais que os doces e flores que ele trazia, as horas que passava segurando a mão de Irene amarravam o nó no peito dela, enquanto ele revivia a antiga princesa esperando que ele voltasse cansado da batalha, bonita, pronta, um cálice de vinho, e o mundo lá fora se encerrava. O palácio foi construído na suíte do velho Hotel Luz de Agosto, onde as sacadas se debruçavam sobre a rua em que as mulheres desfilavam vestidos cheios de promessas entre os trabalhadores que, logo mais, limpos e renovados, voltariam para pagar as delícias do reino.

Porque ali era o reino de Colibri. O território onde se fez temido e respeitado desde a época em que seu mistério, o nariz longo e afilado, as perninhas curtas e ágeis, criaram em torno dele uma fama inescrutável. Muita gente, vendo seu colete sempre impecável, ficava pensando como é que um homenzinho daqueles podia freqüentar as pensões bravas da região, sempre com o aspecto tranqüilo de quem está seguramente acobertado. Um coronel? Muitos acreditavam que os bêbados escornados pelos becos do quarteirão seriam capangas armados e atentos para proteger as mulheres e o seu senhor.

Acontece que Colibri era um homem esperto, observador, que desde o início mandou as mulheres provocarem os clientes para que falassem sobre ele. No fim das noites, elas vinham e diziam que um achou que ele tinha cara de fresco, outro quis saber se ele era muito rico, se era um tarado, um maluco, qual era a dele, afinal. Colibri ria. E mandava que elas espalhassem a história que coubesse melhor em cada caso, dizendo que sim, que era um homem rico e poderoso e que, exatamente por parecer tão insignificante, muita gente deixou de levá-lo a sério e se arrependeu profundamente disso. Era o erro de todos. Colibri era terrível, teria muitas mortes em seu passado? Ele se divertia ao ver, nos dias seguintes, o respeito na cara dos fregueses. Um respeito que nem os mais valentes ousavam arranhar.

Por isso ele podia andar desprotegido por todo o quarteirão, abrindo a carteira cheia sobre os balcões freqüentados por aquela gente, consciente de que sabiam que ninguém, principalmente um homem tão pequeno, teria coragem de se mostrar assim entre eles. A não ser, é claro, que estivesse garantido. Colibri, homem de gostos refinados, percorria a lâmina da navalha com seus pezinhos de gato, sorria manso sob o nariz afilado e dizia bem devagar: "tudo bem, cavalheiros?" Quem poderia dizer que não?

Os desafiantes que surgem na vida dos grandes homens estavam também nas previsões de Colibri, e ele se achava preparado para encontrá-los. É claro que não podia saber quando nem como, mas era importante que ocorresse nos domínios deles, onde as circunstâncias seriam de tal maneira adversas que uma derrota não significaria nada, mas uma vitória o consagraria para sempre. Foi, portanto, de caso estudado, que ele saiu à procura do pretão Raimundo Munhoz, dono do Bar Cascudão e de praça estabelecida entre as mulheres havia muitos anos, cuja cicatriz na barriga era a condecoração de macheza que deixava à mostra por entre os botões pendentes da camisa.

Naquela noite, Munhoz havia mandado Mariceli sair de seu bar com um bêbado que estava com ela, um rapaz de nem vinte anos ainda, que, depois de repetir cinco vezes na vitrola automática a mesma música, acabou vomitando sobre a mesa os dez copos de traçado que vinha tomando, aos berros, desde cedo. Colibri chegou andando devagar, encostou-se no balcão, passou o lenço na testa, esperou que se fizesse silêncio e ordenou que chamassem o pretão: "eu quero ele aqui agora." Munhoz veio lá de dentro, pôs a mão imensa sobre o balcão e ficou olhando o rosto seco de Colibri. Viu e ficou tranqüilo, vendo aquelas mãozinhas que mal davam para se segurar à altura do balcão, e que se abriram rapidamente e a direita voou como um bicho em sua direção, percorrendo do lábio superior à orelha esquerda um fio vermelho que seguiu o pulo desengonçado para trás, caindo sobre a máquina de cortar mortadela. O corte nas costas foi profundo, mas ainda não havia começado a doer quando o espantado Munhoz viu o rosto gelado de Colibri se afastando e depois sua mão pequena se abrindo e deixando cair sobre ele metade de uma gilete. Ninguém teve coragem de impedir a saída de Colibri, que se voltou no mesmo passinho calmo e seguro e abriu a cortina de tiras da porta com a ponta dos dedinhos de unhas esmaltadas.

Ele já sabia que o respeito estava firmado e preparou-se para executar, com método, a tarefa de dominar a região. Foi, a princípio, sócio de Aracy na pensão. Depois comprou a parte dela e mandou que mudassem a mobília da sala de espera, que colocassem ali uma vitrola automática e que um bar fosse construído ao lado da casa, mas do lado de fora, que os negócios não deviam se misturar. E a pensão não podia ser freqüentada por bêbados, que esses só entravam ali para gritar, quebrar coisas, tentar sair sem pagar e tudo mais. Então, a mobília nova seria poltronas espalhadas pela sala, mesinhas para cinzeiros, tapete em todos os aposentos e papel de parede, ponto dos mais importantes, pois o próprio Colibri escolheu um com motivos que estampavam seu gosto pela ironia: de florzinhas.

Um dos quartos do casarão — que um dia fora a pensão de Aracy — recebeu móveis de escritório. Um birô, arquivos, estantes de livros, a caixa de charutos e o tinteiro. Nesse quarto estavam registrados todos os movimentos do pessoal de Colibri. Cada mulher tinha sua pasta. Entrada e saída de dinheiro eram anotadas, contadas as percentagens e cálculos que perpassavam os óculos atentos de Colibri. Nas horas de folga, com o silêncio apenas entrecortado vez por outra por gemidos e suspiros, ele se concentrava em grossos volumes onde estudava rudimentos de administração de empresas, compêndios e tratados que todas as semanas ele levava e trazia da Biblioteca Pública, sem jamais esquecer-se de cumprimentar a atenciosa bibliotecária que sempre o atendia. "Um dia ainda levo a senhora para a minha empresa", costumava prometer a ela ao se despedir. Ela sorria cheia de esperanças.

Mas a imagem que começou a marcá-lo definitivamente foi a do passarinho que ele parecia ser ao abrir as sessões de dança do Stardust, um sobrado de salas amplas que ele alugava de uma firma de materiais de construção, já que apenas a parte de baixo era utilizada para depósito de estoques. Subia-se por uma comprida escada, no topo da qual se postava um porteiro a quem cada freguês tinha de mostrar uma espécie de ingresso, que era a ficha perfurável de dança.

Em volta do salão, as mulheres ficavam esperando, sentadas numa fila de poltronas, como num cinema, a chegada de Colibri. Quando ele surgia na porta principal, as luzes lá de fora projetando seu vulto sobre todos, a orquestra começava a tocar a "Valsa do Imperador", tema preferido do rei da noite, que no uso da plena majestade adentrava finalmente o recinto e se encaminhava soberbo até a primeira mulher, tirava-a delicadamente e iam rodopiando até a mesa de um freguês. Voltava, tirava outra, rodopiava com ela até a mesa de outro freguês. E assim com todas elas, abrindo a noite. E ninguém ousava rir-se da estranha solenidade, aquele homem tão mais baixo que as mulheres, as mulheres que ele, uma a uma, tirava da inércia e movimentava para o bailado, deixava rodando feito um equilibrista com seus pratos, depois de pousar nelas com as perninhas saltitantes e velozes em perfeitos passes de valsa. E então ele se retirava discretamente, deixando todo o mistério por conta do que as bebidas baratas e o perfume de suas mulheres pudessem criar na imaginação de cada um.

Com o crescimento dos negócios, Colibri resolveu que havia chegado a hora de aplicar o dinheiro do grupo nas envolventes opções que sua televisão portátil sugeria a noite toda, através de anúncios que mostravam crianças irremediavelmente felizes, famílias sorridentes em volta da lareira — chegou a pensar na instalação de uma lareira ali no escritório, não fossem o perigo de incêndio naquele quarteirão de casas velhas e o calor que havia parado para sempre numa das estações do ano —, anúncios que aos poucos o convenceram a se preocupar com o futuro de suas meninas. Organizou as contas delas em fichas, assim como as taxas de proteção que cobrava, estímulos que costumava oferecer aos policiais para que deixassem seu negócio em paz, fundos para eventuais despesas com advogados, fianças, habeas-corpus, pagamento de músicos e garçons, bebidas e remédios, cosméticos e insumos em geral, toalhinhas, verbas de publicidade, seguros de vida e acidentes, pecúlios, regulamentos, munições e tudo, enfim, necessário para o controle completo do quarteirão que, àquela altura, tinha praticamente todas as casas forradas por dentro com papel de florzinhas.

O passo seguinte foi aplicar o excedente em cadernetas de poupança, uma para cada mulher, e contratar um competente operador de computador eletrônico, que lhe mandasse mensalmente o balanço de suas transações. Com o futuro em dia, as mulheres se agarraram mais ainda a ele. Seu senso profissional, a preocupação com o bem-estar de suas empregadas, sua imagem de empresário bem-sucedido, ajudaram a fortalecer o mito de Colibri entre os seus colegas da região. Era comum encontrar-se ali em sua sala de espera verdadeiras comitivas de comerciantes, industriais e outros profissionais na expectativa de um bom papo com ele, interessados na troca de know-how administrativo. Mas, com esses, Colibri não queria conversa. Mandava que suas mulheres se entendessem com eles, e cobrassem dobrado.

Por vários anos, Colibri foi senhor e dono de tudo o que acontecia no quarteirão. De tudo sabia e em tudo estava seu dedo ágil e bem cuidado, fosse no aumento das rendas, fosse na seleção dos freqüentadores, ou clientes, que, atraídos pelo asseio dos quartos e pela honestidade das taxas cobradas pela administração, que vinham discriminadas nas contas sob o título de "serviços diversos", preferiam gastar um pouco mais ali do que se arriscar em outros quarteirões, onde uma aventura poderia terminar em roubo, facada, tiro, morte ou sífilis. O retrato a óleo de Colibri, em pose oficial, transmitia da parede aos clientes sentados na sala de espera um sentimento de segurança e de dignidade.

Essas mulheres assustadas nos corredores do casarão jamais falavam em dinheiro. As despesas eram tratadas na gerência, diretamente com Colibri, que avisava de antemão quais eram os direitos e os deveres de cada cliente, as devidas consumações e previsões de gastos. Em seu rosto, no olho fino espetando, a lembrança de que não estava brincando. Quem mandava ali era ele. Sua lenda, seu mistério, tudo que se relacionava com ele permanecia escondido dentro de suas asinhas que se fechavam sobre a noite, e que se abriam contra a luz para fazer que seu vulto crescesse e cobrisse tudo em volta.

O último mistério dele estava naquela cama. Quem teria tido tanto ódio que pôde furar o medo e se aproximar dele o bastante para a arma não atrapalhar seu sorriso? Quem teria tanto motivo? É fato que alguns crimes, ocorridos durante certas noites ali pelo quarteirão, jamais foram desvendados. Muito valente amanheceu morto naqueles becos. Mas Colibri era um homem bom. Tanto que suas mulheres, agora, bicam desesperadas os pedaços de seu ninho, e o próprio ferimento em seu pescoço parece estar cada vez mais aberto, fazendo o sangue continuar fluindo e tomando o aspecto de uma rosa se oferecendo talvez para que a alma dele venha beijá-la pela última vez.

Noite de Reis

São dois homens que vão num Simca, a vinte quilômetros por hora, nessa madrugada de janeiro. Percorrem lentamente, olhando para os lados, as ruas quase desertas do centro da cidade, à procura de alguma boate que tenha shows de strip-tease, e onde possam entrar desacompanhados. O jornal da tarde foi minuciosamente esquadrinhado, mas só anunciava uns poucos espetáculos, nenhum digno de uma noitada tão esperada por eles, depois de bem urdida conspiração em conseguir que suas respectivas mulheres, com seus respectivos filhos, viajassem juntos aproveitando o fato do Dia de Reis cair numa sexta-feira. O homem que dirige o Simca tem seus quarenta anos, aproximadamente a mesma idade do companheiro, mas sem o entusiasmo deste quando vê aquela porta aberta com o porteiro vestido de colorido uniforme que logo se interessa pela chegada do carro e faz menção de abandonar seu posto para recebê-los.

Sentados na mesa escura, uísque com gelo e gim-tônica, eles ficam olhando um único par dançando na pista de mármore.

— Que noite fudida, sô.

— Nós saímos muito tarde. Nesta cidade a gente tem de vir cedo pegar mulher.

— Pô, ainda não são nem duas horas.

— É tarde.

— E o strip-tease?

— Acho que aqui não tem.

Os dois pedem a conta, tem consumação, pagam xingando e olham o relógio de novo.

— Vamos ver se encontramos outro lugar.

O porteiro tira o quepe mas não vê sinal de agradecimento nos dois homens que voltam para o Simca. O que dirige deixa a porta do carro aberta e se volta para dar uma mijada na rua. O outro senta-se e liga o rádio. Núbia Lafayette está cantando. Ele pensa na mulher viajando. A noite é toda dele.

Tão devagar como antes, o Simca segue percorrendo as ruas do centro.

— Olha aquela ali.

— Qual?

— Aquela.

— Aquilo é bicha.

— Não é não.

— Quer conferir?

Era. Os amigos ainda conseguem rir. Nelson Gonçalves canta "A deusa da minha rua". Depois vem um anúncio da Varig.

— Vê se acha uma rádio menos baranga.

— Essa hora é só isso que tem.

— Então desliga essa merda.

O rádio é desligado. Na próxima esquina vão passando duas mulheres.

— Vou parar do seu lado. Você canta.

— Tá legal.

Nem foi preciso. A loura, cabelos pintados, foi logo avisando que queria mil pratas:

— Pra mim e pra ela.

— Sobe aí que depois a gente conversa.

Entram no carro. O do volante cria um ar mais juvenil e começa a pensar num bar mais afastado para levar as mulheres.

— Tem aquele da lagoa.

— Lá é muito longe.

— Por isso mesmo.

As mulheres não dão palpite. A loura vai para o banco de trás com Falcão. Menezes fica na frente com a outra, mulata, que se senta no meio do banco. Falcão aproveita-se da arrancada do carro para tocar na loura. É gorda, flácida, suas mãos estão geladas. O Simca, agora, vai a quase cem quilômetros, canta os pneus na curva e segue para o bar da lagoa. Falcão sente o cheiro ruim do perfume da loura e faz força para que ela não note. Não tem importância ficar fedendo depois. A noite é toda dele.

Rita, a mulata, liga o rádio do carro.

— Olha o que está tocando, Marina.

Está tocando "A montanha", de Roberto Carlos. Menezes, ao volante, faz que gosta da música. Canta um trecho.

— Não é essa não, diz a Rita.

Menezes cala a boca. Falcão, desabotoando a blusa de Marina, ri do amigo. Depois pára e olha dentro da armação engomada do sutiã da mulher, aqueles peitos moles.

— Puta merda.

— Que que foi, Falcão?

— Nada. Esse bar fica longe?

— É na lagoa, pô.

Falcão espera que ela feche a blusa. Ela não se move.

— É melhor você fechar isso.

— Mas nós vamos sair do carro?

— Lá é drive-in, Menezes?

— Acho que é.

— Mas mesmo assim vem um cara servir a gente, não vem?

Marina entende e fecha a blusa. Depois passa o braço sobre os ombros de Falcão e tenta enfiar a língua no ouvido dele. Falcão pede que espere, está tentando acender um cigarro. Marina o solta e se afasta. Falcão olha pela janela e pensa: puta merda. Menezes está cantando com a Rita e o rádio "Fale baixinho", com Wanderley Cardoso.

No drive-in, o porta-luvas aberto serve de amparo para a batida de limão e o suco de laranja. Falcão, atrás, está tomando gim-tônica. Enfia os dedos por entre as pernas de Marina e espera que ela as afrouxe. Ela afrouxa as pernas e ele sente o pântano viscoso. Pântano viscoso, pensa ele. Ela volta a enfiar a língua no ouvido dele. Menezes desaparece no banco da frente e deixa apenas os pés da Rita surgindo por sobre o encosto de napa granulada. Ela finge que está gemendo e o carro todo balança. O rádio está tocando "Que C'est Triste Venise", com Charles Aznavour.

Menezes desce do carro para mijar no mato. Depois se volta para Falcão e diz que vai lá dentro do bar passar água nas mãos. A Rita desce também, para ir ao toalete.

— Vem comigo, Marina.

As duas vão para um lado, Menezes para o outro. Falcão chupa o gelo do gim-tônica enquanto pede ao garçom que traga uma dose pura dessa vez. Paga adiantado. Menezes vem voltando.

— Vamos deixar essas mulheres aqui.

— A idéia é boa.

— Eu não vou dar mil pratas pra essas putas não.

— Você já pagou a conta?

— Já.

Falcão salta para o banco da frente. As duas vêm vindo pelo caminho de pedra britada. Ficam meio assustadas, mas Menezes não dá a partida.

— Vocês vão fazer strip-tease para nós.

— Aqui?

— É. O farol do carro ilumina.

Menezes aumenta o volume do rádio. Está tocando "Orgulho de um sambista", com Jair Rodrigues.

— Essa música não dá.

— Dá sim, anda.

As duas mulheres vacilam. Depois começam uma dança esquisita, grotesca, às vezes fugindo do raio de foco dos faróis. Menezes e Falcão estão rindo às gargalhadas. As duas jogam as peças de roupa dentro do carro. Menezes vê a barriga flácida de Marina, olha para Falcão e zomba dele. Falcão aponta as pernas finas da Rita: "olha a sua, seu besta!" Menezes liga o carro, acelera em ponto morto, as duas se assustam.

— É só para acompanhar.

Elas continuam as evoluções, nuas, batidas pelos faróis do Simca. Menezes engata a primeira, dá um golpe de direção e arranca. Marina salta de lado, mas o pára-lama do Simca pega de raspão os quadris da Rita. Ela rodopia e cai por cima da outra, sobre a cerca do drive-in. O Simca desce e contorna a estreita passagem lá embaixo, ganha a rua e some pelas margens da lagoa. O rádio está tocando "Esse cara", de Caetano Veloso.

— Você matou aquela mulher.

— Matei nada; pegou só de raspão.

— Foi um tombo feio o delas. Deve ter quebrado algum osso; será que quebrou?

— Pára com isso, Falcão. Você não queria deixar elas lá?

— Pô, mas não precisava matar a mulher.

— Matou nada.

— A roupa delas ficou aqui.

— Hi, hi.

— É sacanagem da gente.

— Não é nada, essas mulheres estão acostumadas.

— Elas confiaram na gente.

— Ô Falcão, mas que saco!

O Simca volta a entrar na cidade, pega o asfalto liso e se escorre em silêncio. O rádio está tocando "Você é doida demais", de Lindomar Castilho. Menezes desliga-o. Falcão está calado, com o sutiã de Marina na mão.

— Olha só que merda, Menezes. O troço é todo engomado.

— Também, pra segurar aquelas banhas.

— Que mulherzada escrota.

— Vamos ver se a gente pega uns troços melhores.

— Não sei. Estou com vontade de beber uma cerveja.

— Não te falei que gim dá sede?

— Vamos parar ali.

Os dois descem do Simca e vão para o fundo do bar. A vitrola automática está ligada, tocando "Quando as crianças saírem de férias", de Roberto Carlos.

— O foda dessa hora é que só toca música escrota.

— Até que esse tipo de música desce bem com o nosso programa. Eu gosto.

— As duas ficaram peladinhas lá no drive-in.

— É.

— Sua mulher vai voltar com a minha?

— Ficou de voltar.

— Então nós estamos livres até domingo à noite.

— É.

— Uma Brahma, Falcão?

— É.

— E uma pinga pra rebater, não é mesmo?

— Uma pinga.

— Ô compadre, que que tem de tira-gosto?

— Torresmo, lingüiça, pele.

— Uma lingüicinha picada, sai?

— Sim senhor.

A vitrola automática está tocando "Ruby", com Ray Charles.

— Não acontece nada nessa cidade.

— É.

— Vê se isso é programa para dois sujeitos como nós.

— A gente devia ter saído mais cedo.

— Depois você me lembra de jogar aquelas roupas fora. Das mulheres.

— Lembro. Elas estão no chão do Simca.

— Até que essa pinga não é ruim.

— É.

— Pois é, Falcão. Se você topar, amanhã a gente sai mais cedo. Acho que eu tenho o telefone daquela recepcionista gostosa que o Afonso andou comendo.

— Ela tem uma amiga?

— Sempre tem. Elas não gostam de sair sozinhas.

— Por quê?

— Mulher é cheia de grilo, tem medo da gente fazer sacanagem com elas.

— Isso é.

— Vamos fazer assim: eu marco com ela e depois te telefono. Vamos dar uma esticada num barzinho melhor e, depois, motel.

— Tá legal.

— Então você topa?

— Topo.

— Tá certo. Eu te telefono lá pelas sete horas.

A vitrola automática está tocando "Você abusou", de Antônio Carlos & Jocáfi. Falcão cheira os dedos.

— Vou lavar as mãos.

Quando volta, Menezes fica olhando ele se aproximar. Falcão tem os olhos vermelhos, está ficando velho, pensa Menezes.

— Gosto de você, Falcão.

— Falou, Menezes. Que que é isso, de repente?

— Nada.

— É isso.

— Não acontece nada nessa merda de cidade.

— Amanhã a gente sai mais cedo, vai ser melhor.

— Vamos ver.

— Vai sim.

— É bom, que hoje foi uma bosta.

— Nós só temos mais dois dias, Menezes.

— Você quer beber mais?

Falcão olha a espuma seca em seu copo. A vitrola automática está silenciosa. O casal que punha as fichas nela já foi embora.

— Acho que quero sim, Menezes. Eu acho que vou beber mais um pouco.

A história de Paulo e Paula

Sentados lado a lado na grama, ela vai tecendo, com o arame que ele corta, anéis, colares, brincos, pulseiras, pequenas flores de latão dourado que planta no feltro em que as espeta.

Ele vê o fio do arame tomando forma nas mãos dela, depois o pouso das peças sobre o feltro, a geometria descuidada dos cuidados dela como um quadro de borboletas em exposição.

Ela sente a justeza do arame cortado, a ponta lisa e sem farpas, o equilíbrio de tudo em torno como o vento que rompe seus cabelos encaracolados, queimados de sol, como os dele.

Domingo cedo, rolando os passos sem deixar rastros, eles caminham para a pracinha onde vai ser a feira, vão encher a praça com suas flores metálicas que brilham nos olhos de quem se debruça para colhê-las, tocá-las, ficar só olhando.

E por lá ficam toda a manhã, desde cedinho quando só o frio e um som de flauta, quando só as palmas varrendo os pardais no coqueiro, quando só os feltros e as esteiras sendo estendidos e as peças neles colocadas para que todos escolham qual, quando ainda longe um possível almoço de sanduíche, até mais tarde, mais tarde quando as pessoas já foram embora e é preciso recolher o que restou e voltar de leve para outro dia, outras peças, outras fiações.

Paulo, o corpo magro curvado sobre as pernas que se cruzam e se apóiam no mocassim puído, quase já não sente as mãos de Paula se enroscando nos fiapos soltos de seus jeans.

Paula, os dedos acostumados, vai tecendo nos fios dos jeans soltos de Paulo pequenos laços invisíveis que o tempo e a mansidão vão tornando fortes e firmes.

Firmes e fortes como as mãos que um dia chegam e agarram os cabelos dele e o levantam do chão antes do tapa, do soco, do espanto, do grito de Paula correndo e deixando tudo para trás, as flores de latão, pulseiras, brincos, colares e anéis que se espalham pelo canteiro revolvido por botas, chutes, pés arrastados.

Jogado de bruços no cimento do pátio, Paulo recebe mais dois chutes nas costelas e dobra seu corpo magro quase até o mocassim rasgado, mostrando as costas em que desce o cassetete.

O coração de Paula bate nos lábios e rebate as lágrimas, enquanto os olhos muito abertos secam ao vento cinza cortando o fio da tarde que seus dedos já não controlam, e ela corre para lá, para cá, e pára num canto de muro e deixa o corpo resvalar sobre os calcanhares e afunda o rosto entre as mãos.

A fila, a triagem, os empurrões, Paulo é jogado para todos os lados enquanto não responde o que não sabe, os bolsos revirados onde não encontraram nada, e voa de magro e leve com o impulso e a rasteira, e bate o rosto numa quina da mesa, e parte o osso do rosto, a pálpebra, o olho que começa a vazar um choro viscoso de sangue.

Há dias encolhida no fundo da cama de palha, rodeada de bonecos de papelão com sorrisos de palhaço, Paula vê enfim chegar à porta, como bêbado, o rosto escuro de hematomas, os cabelos emplastados, os jeans em farrapos, o tombo progressivo de Paulo de encontro a ela que o ampara no colo trêmulo e firme, e o limpa com dedos trêmulos e firmes, e o nina com voz trêmula e firme.

Com as mãos trêmulas e firmes ela recorta um pano preto, costura o quadrado preto ao cadarço de seu sapato preto e o amarra em torno da cabeça e sobre o rosto escurecido de Paulo.

Sob o tapa-olho vai murchando, vai sumindo, vai se tornando opaco tudo o que Paulo sabia das coisas, vai se distorcendo tudo que ele sentia nas coisas, vai se emaranhando em nó cego a linha por onde suave ele andava puxando e puxado pelas mãos de Paula.

Ela tenta amaciar o rosto dele com a palma da mão, com o toque do lábio, com a penugem de seu próprio rosto que evita as contusões e mais vem descendo pelo rosto, pelos cabelos ralos do peito, pelas algas molhadas do ventre, os gemidos dele mudando a razão de ser, o ser, os seres, a dor, a volta, o abraço delicado, forte, violento, frouxo, leve, lasso.

Mas continuam nascendo do fundo escuro do olho de Paulo as pontas de vingança, meio rosto de ternura e meio rosto de ódio, meio coração amaciado e meio coração machucado, a mão esquerda acariciando a direita feito garra.

Paula vê o brilho no olho bom de Paulo, e coisas mortas boiando no olho flácido, pulsando sob o pano preto, os dedos de cortar arame e de puxar gatilho, o olho exato de fazer mira, o ponto que esse olho olha, a via comprida de mão única quem sabe para onde.

Que ali começa a nova caminhada no corpo que se recupera e se supera, que vai se alimentando de ervas, raízes, rancores, olho seco, gelo, pano preto, que o peito de Paulo agora treme e agita o que antes era firme e manso, a mão de cortar arame agora corta pequenos cilindros que vai enchendo de pólvora, e tapando com chumbo, e lustrando um cano fino e um cão preciso, uma coronha, um gatilho, experimentando a pontaria sem nem precisar fechar um olho, pesado de chumbo grosso como os pés de quem vai ter de andar muito, tomar o futuro no peito e na marra.

Andar para longe o bastante, o bastante longe onde o perigo sobe os morros que circundam a cidade de feras soltas, longe o bastante que Paula fica obrigada a fazer também sua caminhada, no sentido oposto, para o centro da cidade, para as saias curtas e os sapatos de longos saltos, finos saltos na ponta dos pés para não tropeçar as pernas bambas nas pernas de tantos novos bambas parceiros que ao som de vitrolas automáticas dançam as valsas dos vinte e poucos anos de Paula.

Entre a barba que cresce e o tapa-olho que descora vem surgindo o novo rosto de Paulo, um osso pontudo de um lado, um osso afundado de outro, outro Paulo que aponta e atira nos vultos que o perseguem, que persegue, toma e atira da vida e contra ela na longa valsa que não termina nunca, mas que, em intervalos, é realimentada pela lembrança de um tempo em que lado a lado na grama, então só o corte no arame, depois o corte.

Lado a lado na cama, Paula vê as botas do homem que agora ressona saciado, o uniforme, o coldre debaixo do travesseiro, o cheiro de bebida, e pensa que suas unhas pintadas estão crescendo e ficando afiadas quase o suficiente para poder cravá-las no olho dele enquanto dorme, as unhas daquelas mãos que teciam as pétalas transparentes nos fios soltos dos jeans de Paulo.

Longe, muito longe, Paulo lembra como era antes sua Paula, a Paula pauleira, pau-pra-toda-obra, pau-de-cabeleira, pausa de guerreiros, que de longe lembra como era antes seu Paulo, Paulo pau-puro, torcendo-se num pau-de-arara, lamentando seu canto de assum-preto, os dedos fechando sobre o gatilho o paletó de outro par de botas que batem para outro destino, no mato cerrado e ruas enrugadas que quem sabe onde vão dar.

Paula que não sabe para quem vai dar agora, dar agora seu carinho preso, suas pernas finas, o rosto que se descora sob tanto rímel e pó e lágrimas, as mãos que de tarde tecem enfeites sacanas para as colegas e à noite cruzam sem ânsia o peito dos homens, o pescoço dos homens, o rosto de poucas cicatrizes dos homens e seus olhares ferozes e melosos que bem que ela gostaria de ter força e coragem para cravar as unhas.

Quando é noite, olhando por entre o mato ou através das frestas de um barraco quem se aproxima do cão bravo de sua arma, Paulo às vezes sente seu rosto coberto de ânsia, pó, barba enroscada, e então se senta e olha para o céu com algumas estrelas e sabe que vai dormir ali sentado e atento, ouvindo os grilos picando o espaço e latejando dentro de seu olho morto onde ele guarda ainda a lembrança dos cabelos queimados de sol de Paula, como eram os dele antes de se queimarem de pólvora, e pensa como seria bom voltar no tempo, recuperar o equilíbrio que uma parte do rosto bem poderia acostumar-se com a escuridão desde que a outra recebesse bastante luz.

Bem mais que a luz lilás que colore agora o rosto de Paula deitada ao lado de outro homem que ressona como todos, Paula que sempre vê daqui de onde está as botas jogadas no canto do quarto, o uniforme e o coldre debaixo do travesseiro, e se lembra de que foi um homem desses que abriu no escuro a estrada por onde Paulo precisou fugir, e a luz lilás vai ficando forte em seu rosto que se inclina sobre o homem, em sua mão que desliza sobre o rosto do homem, em suas unhas que penetram cautelosas sob as pálpebras do homem, e se cravam, e rasgam, e abre o grito que acende todas as luzes da casa que logo se enche de muitos outros homens de botas que cercam Paula e lhe arrancam as unhas e lhe quebram os dedos e a servem em pedaços a todo o batalhão.

O rosto de Paulo vai desmaiando na lembrança de Paula e ao mesmo tempo que, recoberto de luz, ele adormece com a certeza de que está chegando a hora de ir buscá-la num ponto qualquer da cidade, em algum lugar onde ela deve estar agora sentada na grama fazendo suas flores de latão, buscá-la nem que tenha de passar por baixo ou por cima de todas as botas que encontrar no caminho, abrindo caminho até ela.

O rosto de Paula onde de vez em quando a consciência passa e volta, nos intervalos em que o batalhão descansa da batalha, e ela sabe que está chegando a hora em que Paulo virá buscá-la, e tomar na palma da mão seus dedos, seu corpo quebrado, e partirem juntos para outra morte ou para outra vida.

As cinco pontas da estrela

I was him again — for an instant
I had the good fortune to share his dreams,
I who had no more dreams of my own.

(F. Scott Fitzgerald)

As ruas dessa cidade, uma longa galeria de retratos com esquinas e tráfego, já venho pensando nisso há algum tempo, nos fins de tarde. Pensando como um compromisso natural de quem acaba de deixar o escritório e se encaminha para a cerveja com os amigos, a sopa entre novelas e anúncios, talvez uma amante, um uísque, o esquecimento. O homem que passa no espelho das vitrines das lojas tem cabelos ralos, um terno já meio usado e nas mãos o que logo vejo são os livros do colégio e a merendeira a tiracolo, as calças curtas querendo andar depressa para fugir do fundo dessas imagens, a mesma árvore daquele tempo ainda resiste às melhorias do serviço público, quem sabe algum grito de pardal entre as buzinas e as freadas. Um compromisso que seria percorrer continuamente essas ruas, à mesma hora da tarde, recompondo o cenário de tantos anos atrás em meio à incerteza de que a memória tenha se esquecido de um rachado no muro da casa que havia ali no lugar daquele edifício, a sacada que foi substituída pela janela de vidro escuro onde uma secretária retoca a maquiagem e olha para ver se este carro azul metálico já chegou para buscá-la, os luminosos sobre o amarelado de outros tempos, nenhuma saudade concreta que ajude na reconstrução, afinal, ainda que muitas coisas permaneçam, resistentes, com seus retratos tremidos ou esse filme colorido que torno a assistir hoje no reflexo das vitrines mostrando o homem que volta para casa a fim de tirar esse terno abafado, ver se chegou alguma carta, chatear-se com o berreiro das crianças do andar de baixo, o telefone me chamando mal enfio a chave na porta.

A mania de não jogar nada fora, de guardar papéis, uns bilhetinhos amorosos sofridamente inventados, flâmulas, botões de times de futebol, canetas estragadas e tudo o mais talvez tenha muito a ver com o que venho pensando essas tardes. Um pequeno quadro, a gravura de um menino com um cachorro no alto de um morro é a quentura do paletó do pai numa viagem noturna, o farol do trem iluminando a ponte sobre o abismo e o medo se perdendo no sono. O sonho da santidade na cruz feita de gravetos e água benta tem som de riacho e barulho de grilos. Enquanto falo ao telefone vou mexendo na papelada da gaveta, cartões-postais, a caderneta de endereços onde Júlia já não mora, nem Vanessa, em que ponto do mundo andará Heloísa e sua pressa — este brinco de ouro esquecido na mesa de cabeceira —, e seus tantos amigos, e seu penteado de laquê que hoje talvez seja apenas um coque sem vida como o da mãe dela, e Valéria, a lágrima brilhando na ponta do nariz, como seria mesmo? Talvez como esse poema dele no embrulho de cartas, versos fazendo questão de ritmo, a juventude rebuscada. A voz dele ao telefone e seu poema aqui na mão. Jogo o paletó sobre a poltrona, afrouxo o nó da gravata. Agora ele está sentado à minha frente.

Há tanto tempo que a gente não se vê e de novo o mesmo chope acompanhado de licor, uns vinte anos pelo menos, o mesmo jeito de falar riscando com a unha o suor do copo, a atenção fixa em algum ponto um palmo à esquerda do meu rosto.

— Não olhe agora — me diz.

Pequenas âncoras em seu pescoço, nas pálpebras, ele envelheceu, penso. Ele envelheceu bastante esses anos, mas não mudou. Adivinho uma ruiva atrás de mim.

— Ela é ruiva? — pergunto.

Ele permanece um momento encarando-a e depois recomeça a falar frases sem pontaria, pois é, meu velho, você se lembra?, pois é. Eu me lembro. É como esta varanda de restaurante e essa luz de tarde, maços de cigarros, pardais, licores, cheiro de omelete e água de colônia.

— Eu me lembro de um poema seu danado de ruim.

Ele se espanta, interessado.

— Aquele da estrela de quatro pontas.

— Licença poética — se defende.

— A valsa doida do coração — atinjo mais fundo.

Ele abaixa a cabeça, mas recupera a firmeza.

— Tinha um trecho assim — recita, fazendo trejeitos — "Duas pontas de estrela / na noite escura, em seus olhos / fincando-me outras duas / noite adentro, tempo afora / que furam e que perfuram / a valsa doida do coração."

Desta vez nós não rimos.

— Como é que pode?

Pois foi aqui nesta mesma mesa que ele me falou pela primeira vez de Valéria. Tínhamos passado o dia todo traduzindo um poema de Lamartine, a leve tristeza se alargando nos círculos concêntricos do lago ferido, longas pausas. Eu me lembro que, enquanto procurava adaptar o francês para os seus próprios sentimentos, ele escreveu e logo riscou um nome num fim de verso. Senti que ele fazia força para despistar, a tampa da esferográfica destruída entre os dentes. Um caderno cheio de citações nos cantos das páginas. Paramos a tradução aí, fomos a pé para casa, em silêncio, um vidro trincado entre a gente. Dois dias sem ir à aula. Um porre no sábado, a quinta ponta da estrela arranhando sua garganta a cada gole de conhaque. Alguns dias depois, aqui nesta mesa, ele concedeu por fim que ela era ruiva, tinha olhos escuros, e essa luz de tarde, licores, cigarros e pardais.

Talvez não seja bem assim, lá se vão uns vinte anos, afinal. O que se tem hoje são umas poucas linhas, certos momentos gravados, um verso ou outro ou mesmo um trecho de música ou essa ou aquela fisionomia que lembram um quadro conhecido, ou sonhado, quem sabe. Já não é tão fácil ler um mapa no rosto dele, ainda que mantenha a característica de ficar sério de repente e franzir um pouco o olho esquerdo, e eis aí, ele está sentado duas fileiras atrás de Valéria, o prelúdio de Chopin em torno, ele a descobre agora entre dois ombros, o perfil coroado pela luz que vem do palco, a camurça da poltrona pregando em suas mãos, os cabelos estilhaçados e de novo um relance de face, a adivinhação — pontada de estrela, ele dizia. Tudo muito desordenado, reconheço, mas é certo que sua voz era menos áspera quando demorava olhando os slides espalhados sobre a mesa, e do outro lado da mesa ela também queria ver se tinha saído bem, meu cabelo estava horrível, ela disse, espinhos e sedas sob a pele, o lago manso de Lamartine que ele navegava ou certas flores num chapéu de praia, as crianças ao fundo brincando na areia dos regatos de Renoir e outras ilustrações que cobriam a parede de seu quarto.

— Nós, velhos cachorros, chorando ao luar — ele me diz. — A vida é uma baba de aranha.

Isso ele não perdeu, a mania de falar assim, a grandiosidade boiando no olho vermelho e esse bafo amargo.

Strawberry Fields Forever entre abraços suados — ou era tempo de Sergio Endrigo? — e os móveis pulsando dentro da casa de praia, talvez fosse verdade. Ele gostava de divagar sobre as horas e horas e ondas e mais ondas que viam da pedra, cada dia um novo nó na teia, sua maneira de colorir ou ampliar os slides de uma temporada de férias e coincidências. Claro que era a mesma do concerto essa Valéria que agora enxugava a febre dele, se debruçava sobre ele, os cabelos rascantes de areia lavada, o vento, o mar de musgo lá embaixo, lábios, penugens, as pernas dormentes, cascalhos e conchas e unhas nas costas, ondas, o mar cor de chumbo na volta lenta arrastando as rendas de espuma, outra pausa, e agora me diz que deixou de fazer poemas há muito tempo.

— Versos mancos e corações partidos — ele repete, tantos anos depois. — Baba de aranha.

Mas nesse último gole ele trinca os dentes e abaixa a cabeça. Depois do milésimo chope, as asas do grande poema ainda roçam seu estômago. Quando abre os olhos, estica a teia até a ruiva da mesa de trás.

O mesmo olhar falante e agitado me contando que aquele licor dourado com gosto de loção era igual ao que a mulher do filme dizia conter os raios do sol, a ilha de Capri, a pele do nariz descascando e as histórias da casa de praia, diversos ângulos de Valéria, a tela repintada a cada dia. Omelete de queijo para tirar gosto, ele tinha conhecido Valéria num concerto, pede outro chope, e depois foi encontrar-se com ela na praia, desde a primeira noite o maior sarro, biquíni azul e cabelos ruivos, esse licor a mulher bebia no filme, e depois fomos ao boliche e na volta deitamos na areia, o rádio do carro ligado, comecei a desabotoar a blusa dela, ela segurou minha mão para impedir, fiquei firme, olhando, desenhando seu perfil com o dedo, Chopin, ela entreabriu a boca e deslizou a mão pelo meu braço, seio e ondas, e agarrou meu cabelo na nuca e eu mordi a ponta da língua dela e meu joelho espalhou areia sobre as coxas dela, uma sandália jogada, o zíper, a calcinha, a areia está me machucando, ela disse, e você, o que você está achando desse licor?

Disso ele não fala mais, desse tempo, mas o licor é o mesmo, a mesa, o chope, vinte anos depois como se fosse no dia seguinte ele me telefona e a gente volta a se encontrar. Conta como está sua vida: tem carro, apartamento, pensão de mulher e filho para pagar, uma amante nova a cada três meses.

— *A l'adolescent que je fus!* — saúda o Rimbaud morto. Espuma no bigode.

— E você, meu velho? — ele se lembra de mim.

Quando encontrei o poema dele entre meus papéis pensei no que poderíamos conversar, se seria bom a gente lembrar tanta coisa, mas não sei como ele reagiria. Nossos últimos papos foram sobre Valéria, os monólogos e o licor dele, a cada copo um fato lembrado para preencher a história, ou uma invenção, um poema tristonho e remendado até a forma final que hoje ele recusa envergonhado. Pode ter sido só isso, um sonho, um porre e um choro de menino que se esquece no mês seguinte, ou nos tantos anos depois, mas foi o retrato que guardei dele.

E o que vou contar a ele? Não faz muito sentido contar que há seis ou sete anos eu disse à minha mulher que estava com sede, empurrei os braços dela de cima do meu peito, aquele pijama amarrotado, fui para a copa, abri uma garrafa de vinho e fiquei por ali algumas horas. Quando voltei ao quarto ela já havia parado de chorar e dormia, e eu não tive coragem de acender a luz e confirmar que seus cabelos esparramavam grisalhos e secos sobre o travesseiro, que eu já não queria mais alisar as rugas do seu pescoço enquanto trepava de olhos fechados, fazendo carinho com as garras, vinho morno e cansaço. Apenas me deitei de costas para ela, como um dia isso tinha que acontecer. Não faz sentido contar essas coisas principalmente porque ele continua longe, a baba de aranha tecendo e desmanchando a teia da memória na forma que bem lhe convém. Valéria pode ter sido apenas um modelo ou um ambiente compondo direitinho a cena que lhe parecia boa na época. E o fato de nada disso ter dado certo também combina com um desfecho meio trágico, bem ao gosto dele.

São apenas indícios esses detalhes que estou costurando, e que talvez tenham ficado gravados mais em mim do que nele. Indícios ou adivinhações, quem sabe, como a gente gostava de jogar, o que ele contou, escondeu, o que eu tentei entender, o tempo que passou. O velho poema entre meus papéis, um verso riscado, outro escrito por cima, a palavra forçada e falsa para dar o ritmo. Em outra ocasião ele teria voltado à mesma praia, como se fosse no dia seguinte. Mais um gole de licor, ele não se lembra mais onde ficava o boliche. Procura pelo restaurante no centro da vila, cheiro de moqueca ou as cabeças de cação apodrecendo entre os saveiros? Mas já é um prédio de apartamentos no lugar. Vai até as pedras e fica olhando o mar. Assim fremias tu nas cavas rochas, dizia Lamartine. Viva ela em teu repouso, em teus marulhos. A blusa transparente escorrega sobre os seios arrepiados, o silêncio quente do corpo dela se encostando, a maresia colando o lado do rosto, a espuma chupada para dentro das grutas e o mar se enchendo de novo, pronto para o ataque, para o resto da vida. É esse o cara que está aqui sentado, à minha frente.

Um cara que por muito tempo guardou pedaços de conchas, fotos, um maço de cigarros com um número de telefone e um coração desenhado a batom, guardanapos de papel com recados apressados e poemas que nunca passaram do terceiro ou quarto verso. Foi Mariana quem jogou tudo isso fora, quando se casaram. Ele não reclamou, mas ficou distante o suficiente para que ela não ousasse perguntar de quem era aquele nome que ele balbuciava enquanto dormia, ou por que ele insistia tanto para que ela pintasse os cabelos de vermelho, ou por que, nas vezes em que ela cedia às suas vontades, ele simplesmente se calava, apagava a luz e a amava no escuro. Tudo que ela pôde fazer — uma noite em que ele se retirou mole de dentro dela e, sem uma palavra, foi beber na copa — tudo que ela pôde fazer depois de tanto tempo vivendo com ele foi enfiar o rosto no travesseiro e chorar.

Eu me lembro de uma dessas fotos que Mariana jogou fora. Estavam dançando a música do tal filme do licor, uma música melosa como a bebida, o rosto afundado no pescoço dela, então era Valéria, essa que está com o rosto voltado para o lado de lá. Talvez tenha sido ela quem encostou a coxa primeiro, ele disse, ou ele já não sabia se beijou o ouvido dela antes, as costas da mão esquerda sobre o peito e os ombros dela fechando em torno, abafando um gemido. Ele parou de dançar sem dizer nada e saiu puxando-a pela mão. Sem dizer nada, saíram pela estrada de terra, viraram à direita no caminho das casas e se encostaram num carro estacionado ao lado de uma castanheira. Ele sentou-se no pára-lama do carro, firmou a perna na árvore e ela se encaixou, a boca amolecida e os dentes percorrendo o pescoço dele, o vestido fino deslizando na pele queimada, a mão dele puxando, subindo o pano, firme entre as coxas apertadas que já estão se abrindo, esse menino desajeitado com um arranhão de unha no rosto e uma mordida no ombro, e essa mão forte rasgando o elástico, ou uma tira de renda, ou a pombinha amarela bordada que ele arranca e que agora está ali jogada, enquanto alisa os cabelos dela com os dedos úmidos de sangue.

Sangue. O tipo da palavra que ele usaria para encerrar um texto, uma história como essa. Nada de "uma lágrima brilhando na ponta do nariz", como teria escrito naquele tempo. Talvez hoje ele recorde tudo aquilo como uma época inocente, e que como tal deveria ser entendida e arquivada, hoje que as coisas mudaram tanto e que suas antigas paisagens já nem devem mais existir, pelo menos não nos tons que ele recriava cada vez que se lembrava delas. Da mesma forma como agora parece entender que o poema que o emocionava era realmente muito ruim e que, afinal, as quatro pontas da estrela que o feriam eram na verdade imagens tão prosaicas como este telefone que estou desligando, esta gaveta que fecho com o pé, o paletó ali sobre o sofá e o reflexo do meu rosto sumindo no espelho do armário da sala com a chegada da noite. E que uma quinta ponta seria tão improvável como se essa ruiva que pressinto atrás de mim estivesse enfim se levantando e vindo para cá, e eu já pudesse adivinhar seu perfil se movendo na escuridão.

O BATUQUE DOS GAMBÁS

Em volta dessa mesa sentam-se os quatro cavaleiros de Liverpool: ao surdo, Iórran; na harpa, Bebeto; bateria e percussão, Mazola; flautinha, Dô. Cigarros e isqueiros sobre a mesa, constatando quem está no bar além deles, arrumam e afinam seus instrumentos, poses e posições, para o início do batuque de todas as noites.

"Gambá só faz cagada", diz Dô. "Se fizesse vinte por cento das coisas certo não fedia tanto."

Batendo a caixa de fósforos, Mazola se impacienta e diz a ele que o que está feito está feito.

"É, mas ontem eu fiz besteira demais. Não gosto nem de pensar."

"Vamos pensar noutra coisa."

Iórran escuta a conversa sem se intrometer. Olha o relógio a todo instante, finalmente recorre a Bebeto: e você, o que você tem feito, cara?

"Nada concreto. Ando pensando num novo livro, quem sabe? Estou com alguns projetos, uns contos rascunhados, mas desta vez quero montar um esquema diferente dos outros dois."

"Quê que tem com os outros dois?"

"Aposto que o Bebeto está falando de literatura e o Iórran esperando mulher", diz Dô, renascendo. "Acho que já vou tomar um para segurar a mão."

"Isso aí", ajuda Mazola. "Cadê o cara? Ô garçom."

"Meu primeiro livro tinha muita unidade, os contos todos no mesmo estilo. O segundo, nem sei bem, unidade não tinha, mas faltava muita coisa. O próximo tem de ter um esquema diferente."

"Você não está se preocupando demais com a forma não?"

"A forma é importante. Literatura é arte, você sabe."

"É, mas é preciso dizer as coisas. Ter participação política, denunciar as sacanagens. Gente como nós.

"Gente como nós não faz nada. Estamos aqui todas as noites bebendo e conversando fiado

"mas a gente discute as coisas

"discute mas não vive, você não está nem ligando, fala, depois vem uma mulher

"o escritor é você, não tenho nada com isso

"e você é o tipo do personagem que me interessa, o classe-média, o belo-horizontino exemplar, é por isso que não acontece nada

"foda-se, Bebeto. Eu faço a minha parte. Trabalho o dia todo, estou preparando uma tese, tenho direito à minha birita, à minha mulher

"e depois exige dos outros uma participação política, e não entende que escrever é uma atitude política

“não é não

“é, na medida em que denuncia babaquices, em que tenta mudar os costumes. A grande revolução está na mudança do comportamento, da forma, entendeu?, não é preparando tese que só vai ajudar seu patrão a vender mais

“mas que costume você está mudando?

“vamos parar com isso. Não adianta. Vamos beber que dá mais certo.”

“Não falei?”

Bebeto pára de falar. Bebe um pouco. Recomeça, de cabeça baixa:

“Ridicularizar as coisas, minar as coisas estabelecidas, apodrecer as bases.”

“Você acredita nisso?”

“É preciso.”

Iórran volta a olhar o relógio. Ao lado, um casal em silêncio: a mulher de bruços sobre a mesa, o cinzeiro cheio de pontas de cigarro, o homem fumando e bebendo regularmente. Na mesa do lado de lá, um homem sozinho, que acabou de telefonar. Parece nervoso, ansioso pela chegada de alguém, tenta se distrair olhando os quadros na parede ou o casal aqui ao lado. Os quadros são uma série de cartazes de turismo, mostrando cenas da Polônia, da França, da Alemanha. Certa vez, Marisa disse a Iórran que a segunda japonesinha da fila de baixo do cartaz que mostrava Tóquio era a mais bonitinha de todas, boneca de cabeceira. O sol das cinco horas dourando o sorriso da japonesinha, Iórran e Marisa a adotaram em silêncio, junto com outros tantos filhos que teriam.

“Esses dois ali ao lado parece que estão brigando. Se o cara sair eu canto a mulher dele”, diz Iórran.

Bebeto olha e não diz nada.

“Mas como é que vai ser o esquema desse seu livro novo?”

“Estou pensando em colocar uns contos que não têm nada a ver um com o outro, mas que, afinal, têm tudo a ver.”

“Tá difícil.”

“Não é não. Seria como aquelas vitrolas de cabaré, sabe como? Tem um monte de músicas diferentes, o mostruário é como um índice, você chega, escolhe a que quer ouvir, põe a ficha e ouve. Todo mundo que estiver lá vai ouvir a música que você colocou, vem outro cara e ouve a dele e tal. As músicas não têm nada a ver umas com as outras, uma é bolerão, outra é rock, outra é samba, choro, o diabo, mas estão todas dentro da mesma vitrola e do mesmo bar. Então, o livro seria uma vitrola dentro da zona que é essa vida aí.”

“E você acha que funciona? É dessa forma que você quer mudar os costumes?”

“Talvez não mude, mas talvez ajude. Não vou escrever sobre heróis. O que me interessa são as pessoas.”

“E você então enche o livro de gigolôs, de putas, de cabarés

"As relações humanas são sempre iguais, o que varia é o grau de poder que se tem

"Poder?

"É. Um gigolô que tortura sua putinha, você que despreza uma mulher feia, esse cara aí do lado humilhando a mulher dele, ela mesma, que quando puder, vai descontar, o sujeito que tem dinheiro, o polícia, o político, o banqueiro, o pai, o filho, todo mundo que tem um poderzinho quer torturar os outros

"E a política?

"É tudo a mesma putaria. Você coloca a opressão vista na zona e está falando sobre a mesma coisa. É a mesma relação humana, a ditadura da hierarquia.

"Você não acredita em nada.

"Não. Não acredito mesmo. A ditadura da religião, o padre te torturando com o pecado, as pessoas não reagem. Mas o perigo é quando reagem, e o processo apenas se inverte, não adianta nada.

"Olha, faz o seguinte: escreve e depois me mostra."

"Tá, um dia eu te mostro."

"E se eu não gostar das músicas da vitrola?"

"Muda de bar. Faz uma melhor. Tapa o ouvido."

"Você está sendo radical."

"Eu não. Estou só tocando música. Bêbada, esquisita, velha, nova, mas é a minha música. Se você quiser ouvir, estamos aí."

"Só que eu acho que essa música tem de ser boa pra funcionar."

"Toda música é ruim e boa."

"Vamos beber que dá mais certo, gente", entra Dô.

Mazola batuca a caixa de fósforos, Dô acompanha batendo na mesa, os copos balançam, Iórran olha o relógio, Bebeto rabisca na toalha seu próprio nome, desiste na metade.

"Vou ter que dar uma saída", diz Iórran. "Conferir um gado. Vocês vão ficar aqui?"

"Vamos."

Pega o isqueiro, o cigarro, sai. Dô acompanha a saída dele, que ajeita os cabelos no vidro do caixa e transpõe a porta do bar.

"Lá vai ele", diz Dô. "O gambá doce."

"Daqui a pouco ele volta", Bebeto sabe o que diz. "Sai com as mulheres dele e vem acabar a noite igualzinho a gente, bêbado e puto da vida. Hoje, amanhã, vai ser sempre assim."

"Vamos pensar noutra coisa", diz Mazola, batendo a caixinha para acompanhar o samba que está assoviando.

"Você sabe a letra?", quer saber Dô.

"Umas partes só, mas isso não tem importância, tem?"

"Não. Não tem importância não."

Vendo que estão de cabeça baixa, o garçom tem o cuidado de não fazer nenhuma pergunta ao servir os dois chopes e a batida de limão. Recolhe os copos vazios, troca o cinzeiro — o novo posto sobre o sujo para evitar o sopro do ventilador — e retira-se o mais depressa que pode.

Como se apenas esperasse o fim dessa operação, vendo os movimentos do garçom pelos sapatos que se viraram e já se afastam, o homem levanta a cabeça lentamente, joga a cinza comprida no cinzeiro limpo, deixa lá o cigarro, dá uma bicada primeiro na batida e depois no chope, e só então ergue o corpo para recostar-se, passando o braço direito por sobre a cabeça da companheira e deixando-o esticado nas costas da cadeira dela.

Ela também recosta o corpo, sentindo o braço dele fechar por cima de seu ombro, em concha, um entendendo o contato do outro, dentro do silêncio que fizeram a noite toda olhando-se só quando tinham certeza de que não encontrariam o olhar do outro, cada qual fitando, por sua vez, o lado de lá do bar ou a toalha ou o cinzeiro sujo ou limpo sobre a mesa, os cigarros sendo acesos entre um gole de chope ou de batida impedindo que as mãos ficassem sem o que fazer.

Ela recosta o corpo e logo sente que a mão direita dele avança sob sua blusa na direção do seio, que um dedo experiente livra o seio do sutiã e agora se apodera dele com a mão toda, ao mesmo tempo em que, com a outra, ele pega novamente o copo de batida e olha sem emoção o cinzeiro em frente.

Ele começa deixando a mão simplesmente parada sobre o seio dela, mas, aos poucos, ela percebe que ele está apertando-o, que a mão dele está ficando cada vez mais forte, que as unhas roídas se afundam e cortam sua carne, que o bico rapidamente intumescido está preso entre os dedos e a força só aumenta, mas ela não pode dizer nada, nem olhar para ele, que é isso mesmo o que ele quer.

Mas a dor segue aumentando, o bar assim tão cheio, tanta gente em volta, a vontade de gritar e a fragilidade de sua mão tentando afastar a dele sem que as pessoas vejam, e ela vira um pouco a cabeça na direção de seu ombro direito para cravar os dentes no braço do companheiro, sentir na língua os músculos enrijecidos que comandam os dedos sob a blusa, sentir o gosto de sangue e a carne cedendo à medida que os dedos dele vão perdendo a pressão, os dois, cada qual voltando ao ponto inicial, a mão dele que ajeita o sutiã dela, os dentes dela emergindo do braço dele até que apenas seus lábios rocem os cabelinhos molhados de saliva entre as marcas simétricas deixadas.

Pela primeira vez, então, em toda a noite, eles estão se olhando de frente, ela com os olhos e a boca porejando, o rosto umedecido e frio, ele a puxa para perto até sentir no próprio rosto o suor dela, e os lábios dela que sentem tão perto o hálito apressado de chope, batida e cigarro entrando por sua garganta, e ela chupa tudo aquilo como se fora o ar que lhe faltara a noite inteira, e se contorcem tensos por alguns instantes, e então se soltam, e ela encosta o rosto no rosto dele e diz em seu ouvido: "Você é um filho da puta."

Ele não responde e volta a olhar para o lado de lá do bar, e deixa que ela volte a abaixar a cabeça sobre a mesa. Com a mão esquerda, pega o copo de chope e dá um gole delicado. Acende outro cigarro, fuma, deixa o toco queimando no cinzeiro e depois fica examinando o braço marcado durante o movimento que sua mão faz sobre os cabelos dela, enroscando-os com suavidade enquanto ela solta o corpo e finge que está sozinha ali.

Vendo como estão, o garçom hesita em ir perguntar se querem mais alguma coisa, sem saber se um momento de amor assim vivido deveria ser renovado com mais um chope gelado ou se seria melhor deixar aqueles copos sobe a mesa esquecidos, perdendo a espuma, ficando mornos, velhos.

— O que você queria me contar?

— Não sei nem se devo.

— Qual é o problema? Eu sou seu amigo, que bobagem.

— É mesmo? Não sei se devo te contar.

— Escuta aqui: não tenho muito tempo não. Você me telefona com voz de choro, diz que precisa falar comigo e agora fica com frescura.

— Não é frescura minha. Eu só não sei se devo contar. É coisa séria.

— Você entrou em fria? Espera. Vou pedir uma cerveja gelada.

— Aqui só vende chope.

— Então, chope.

— Eu quero pinga. Com limão.

— E dois chopes, chefe.

— Dois chopes e uma pinga.

— Agora conta.

— Matei um cara.

— O quê?

— Matei um cara, porra. Eu disse que era sério.

— Você matou um cara?

— Fala baixo.

— Puta merda.

— É isso. Matei um cara, e acho que tinha de matar mesmo.

— Como é que foi?

— Três tiros. Na cara dele.

— Quem era o cara?

— Você não conhece.

— Que que foi, porra? Por que você foi fazer uma besteira dessas?

— Eu tinha de fazer.

(Fala olhando o casal sentado em frente)

— O que o cara te fez?

— A mim, nada.

— Você matou um cara por nada?

— Era preciso. Eu ou ele.

— Conta direito.

— Ele fazia muita sacanagem com a mulher.

— Mulher sua?

— Dele.

— E o quê você tinha com isso?

— Eu gosto dela.

— Mas a mulher é do cara.

— Ele não tem o direito. Não tinha o direito.

(A mão agarrada ao copo de cachaça, olha firme para o casal em frente)

— Quando é que foi? Foi hoje?

— É. Hoje.

— E você veio beber depois?

— Tanto faz agora. Nem quero fugir. Tem muito tempo que eu pensava nisso.

— Me conta como é que foi. Você transava com a mulher dele?

— Ela nunca olhou pra mim.

— E ele?

— Nunca vi antes. Mas não gosto dele. É um filho da puta.

— Você está é doido.

— Não fale assim.

— Mas, então, como é que...

— Eu tinha de fazer. Tirei o revólver e dei três tiros na cara dele.

— Ele estava sozinho?

— Estava com a mulher.

— E ela?

— Estava debruçada na mesa, chorando.

— E ele?

— Estava sentado ao lado dela. Com aquela cara de besta, olhando pra mim.

— E por isso você tinha de matar.

— Foi. Ele merecia.

— E você nem conhecia o cara.

— Não era preciso.

— Isso não é verdade, não é?

— O que que você acha?

— Acho que você está brincando.

— Então, por que eu ia te chamar aqui?

— Pra beber comigo. Você estava sozinho.

— Ele tratava ela mal, e depois ia dormir com ela, e eu ia ficar aqui sozinho, bebendo.

— É mentira.

— Não é não. Toda noite é isso.

— Mas e se ela gosta de apanhar? Tanta mulher gosta.

— Ela não gosta.

— Você nem conhece a mulher, como pode dizer?

— Conheço as pessoas só de olhar.

— Conhece nada. Se ela não gostasse não ia trepar com ele depois, não faz sentido.

— O que que faz sentido?

— Você anda bebendo demais.

— Não tem nada a ver.

— Pára de beber e arruma uma mulher e pára com isso.

— Você não me entende.

— Você está bêbado e chato, que saco!

— Você não acredita.

— Tá bem, acredito.

— Eu matei um cara.

— Com três tiros.

— Você não acredita.

— Claro que acredito. (Olha o casal em frente, começa a entender) Acredito sim. (Vê que ele está enfiando a mão dentro do paletó, devagar.)

— Você vai ver.

— Você ainda não matou.

— E você não acredita.

(Agarra o braço do companheiro. Este começa a rir, derruba o copo, começa a chorar.)

— Não tem nada no paletó, seu trouxa.

— Vou te levar pra casa.

— Não vai não. Eu vou ficar aqui.

— Por quê? Você já bebeu demais.

— Eu tinha de fazer, você entende?

— Entendo.

— O cara está morto.

— Lógico.

— Ainda bem que você acredita.

Tímida, buquê de rosas no braço, a noivinha abre a porta do bar. Escolhe a mesa que tem um casal para começar, que a da entrada só tem homem e é claro que ali não vai vender nenhuma. O homem olha para ela que lhe estende a rosa vermelha em botão, pequena demais para a comprida haste cheia de espinhos, e não responde se quer ou não. Fica olhando o rosto da menina, sujo, e seu companheiro, a calça curta rasgada, um olho inchado talvez de porrada na rua. "Está cheia de espinhos", o homem diz, por fim. E para o menino: "Sai, pivete." O menino dá um pequeno empurrão nela, que ela está perdendo tempo com esse cara, mas é ainda muito nova para entender isso. Não tem mais nenhum casal de jeito para oferecer as rosas. Ele puxa a menina para fora do bar e fica pensando para onde ir agora, que bar que tem mais perto. Pensa e fica olhando os espinhos nas hastes das flores. "Parecem uma porção de gatilhos", pensa ele. "Se fossem um pouquinho maiores, os espinhos eram uma porção de gatilhos, e esses galhos uma porção de espingardas, e esses botões uma porção de fogo de metralhadora."

Contornada a primeira esquina, Iórran diminui o passo. Não há motivo para pressa, ninguém espera por ele. Precisa apenas ganhar tempo, deixar os amigos acreditarem que realmente está agora com uma mulher, nessa hora em que talvez Marisa entre no bar na esperança furtiva de encontrá-lo. Ela vai entrar no bar, vai conversar ligeiramente com a turma, não vai perguntar por ele mas vai olhar, com um ar distraído, a mesa em que está o casal.

Naquela mesa, uns tempos atrás, Iórran esperou pela chegada do chope para comunicar a ela sua decisão final: a escolha de seu caminho de homem. Como consolo, diria que deixava ali, com ela, a cota de nostalgia que todos precisam carregar, na impossibilidade de mais de uma vida ou mais de um destino. Ela esperava pelo que ele tinha a dizer sem demonstrar nenhuma emoção. Ele já chegara tonto, como tantas outras vezes, e a maneira com que tentava evitar o olhar dela antes que o chope chegasse para completar o cenário era-lhe familiarmente teatral. O canastrão que quase sempre conseguia comover a parceira inexperiente, mas que já não tinha a velha certeza de seu poder. Mesmo o chope talvez não fosse o complemento do cenário, mas a própria essência da peça.

Por alguns instantes, Iórran assistiu a espuma descer. Marisa permanecia estática, o mesmo ato repetido anos e anos. O gesto correto a ser feito, o fecho cheio de grandiosidade em conseqüência de uma longa concentração de espírito, vida e arte. Ele segurou a frágil tulipa de vidro e começou a apertá-la. Não conseguia se lembrar do texto que durante tanto tempo vinha ensaiando em frente ao espelho do toalete, um texto cheio de tédio e falta de perspectivas. E, agora, não conseguia lembrar-se dele. Nesse momento, olhava apenas o macio pálido dos seios dela, a camisa transparente que ela usava, e apertava o copo entre os dedos. Entre aqueles seios, o champanhe que escorreria direto para sua boca. E, de repente, o chope espirrado do copo que ele espatifa com a mão, o palco que desmorona, o improviso desajeitado do mau ator sendo vaiado por toda a platéia presente.

Ela está desamparada, ele precisa socorrê-la. Passa rápido para a cadeira ao lado, a mão polvilhada de cacos espalmada sobre o colo dela, cada movimento do elefante deixa uma trilha de sangue que ela ainda não sente, mas que ele percebe, apavorado. Ou seria sangue dele, apenas. De qualquer forma, a cena inesperada exige que ele, a seguir, encoste o rosto no colo machucado dela e ali roce os lábios, alisando e babujando o chope, o suor, o sangue e o farelo de vidro do suicida sobre o corpo da amada morta, imóvel. Sem se mover, ela repara que os cabelos dele estão ficando ralos, aquele menino perdido que ela não sabe mais como pedir para sumir da sua vida.

Uns tempos atrás, foi a noite mais difícil do espetáculo. Quando Iórran voltou-se para ver como ela estava, ela estava do mesmo jeito: olhando para ele e esperando pela fala final. Chapéu-coco na mão, bengalinha na outra, ele se levantou, foi saindo. Virou-se uma ou duas vezes, o bico do bigodinho mostrando que queria que ela viesse correndo atrás dele. Mas ela nem olhou para trás. Na porta do teatro, um cachorro, a rua molhada de chuva, dois mendigos que dormiam abraçados. Fechava-se o pano.

Mais umas voltas no quarteirão e Iórran poderá voltar para os seus amigos. Saiu para se encontrar com uma mulher, mas dessa vez não pôde ser. Se Marisa hoje criou coragem e foi procurá-lo no bar, ele vai saber daqui a pouco. O personagem inesquecível estará no palco coberto de glória, e seu magnetismo trágico fará a heroína voltar, vestida de branco, para o final feliz.

"Esse cara pensa que é meu dono. Já não agüento mais. Ele tem que vir aqui todas as noites, enche a cara e ainda faz sacanagem comigo. Nunca me perguntou se eu queria ir a outro lugar, só quer saber de tomar o chope dele, essa cachaça com limão azedo. Não gosta de conversar comigo, me chama de burra, mas não me larga. Depois de bêbado, fica fazendo promessas. Faz promessas só pra me amolecer e poder pegar nos meus peitos, passar a mão na minha bunda, tentar enfiar o dedo. E me faz de muleta quando sai cambaleando pela rua, eu com medo dele cair e quebrar a cabeça, esbarrar nos outros, que ele fica valente e quer brigar com todo mundo. Diz que eu não gosto dele só porque não quis ir com ele pra cama. Se você gostasse de mim você topava, ele disse. Mas querer até que eu queria. Só não posso é ir pra cama com um cara que um dia diz uma coisa, outro dia diz outra. Quando está bom, me trata de princesa. Quando fica bêbado, eu sou a putinha dele. Eu gosto dele, já nem sei. Tem hora que eu faço que isso não tem importância, o homem que eu queria que ele fosse, sem vícios, bom, ganhando dinheiro, delicado, isso não existe. Mas assim também não dá mais. Um tapa um dia, outro dia me aperta o seio dentro do bar, ele sabe que isso dói, que pode dar até câncer, seio de mulher é uma espuminha que arrebenta à toa, mas ele não quer nem saber. Acha que é meu dono e pode fazer o que quiser. De saco cheio, dá um chute na cachorra. Sozinho, vamos esquecer que eu estava tonto. Chega. Agora ele vai ver. Se ele soubesse que tem um cara ali me paquerando, ia querer brigar. Mas o cara também está mais bêbado ainda. O amigo dele que chegou parece que está tentando levar ele embora. Está pedindo a conta. Não agüento mais isso não. Aquele menino que saiu era bem bonitinho. Ele também me encarou um pouco, esse idiota não viu porque estava fazendo pose. Se eu pudesse. Se ele me deixasse aqui sozinha um minuto só. Se aquele menino voltar eu vou dar bola pra ele. É meio convencido, mas já serve. Esse cara vai ver que não é meu dono não. Eu gostava dele, mas assim não pode ser, um cara que me trata desse jeito. Eu gosto dele sim, mas se aquele menino voltar ele vai ver. Juro que vai."

Um ano depois de separar-se da mulher e dois meses antes de completar trinta e quatro anos de idade, Dô jurou que ia mudar de vida. Mais uma vez. Mudara antes, ao ficar noivo, num grande porre de despedida com os amigos, quando comunicou haver comprado três ternos, cinco gravatas italianas e arranjado emprego numa empresa multinacional, e que sua vida, agora, seria dedicada à família e às responsabilidades. Ninguém acreditou muito, o velho boêmio partindo para outro destino, radical mariposo, amante desvairado, que terminou aquela noite vomitando feliz sobre os companheiros.

Dô casou-se, disse que era feliz, acordava cedo para trabalhar e desapareceu dos batuques e papos noturnos. Para não se lembrar dos amigos, decorava as cenas das novelas que à noite o ajudavam a fazer a digestão antes de, por fim, deitar-se com sua jovem e bela esposa que, com o tempo, ia se aperfeiçoando na arte de fazer amor.

Com o tempo, também depois de tanta digestão bem feita, Dô precisou mandar fazer novos ternos, mais largos, que pudessem acomodar melhor a banha conjugal que se aglomerava em sua barriga, num fiel acompanhamento ao crescimento da barriga de sua consorte, docemente empenhada na gestação do fruto daquele amor.

Mas, como nem tudo na vida segue infinitamente tão harmonioso e sem problemas, a empresa multinacional entrou num regime de contenção de despesas em virtude de insondáveis desarranjos nas altas cúpulas, e diversos empregados, considerados dispensáveis, foram dispensados.

Dô, sabedor do devotado amor da esposa, esperou que ela lhe dissesse, então, que aquilo não significava nada, que mesmo assim continuariam juntos, como haviam jurado aos pés do altar, na riqueza como na pobreza. Ela realmente disse algo assim, enquanto despertava da anestesia que lhe deram na maternidade. Mas depois, ao saber que o marido havia vendido *sua* televisão a cores para poder pagar as despesas do parto, reparou como Dô estava ficando gordo e envelhecido, e que assim, pobre e sem grande futuro, não seria o homem ideal para criar aquela pequena e rosada criaturinha que chorava em seu regaço, esta sim, que um dia seria um homem ideal e belo.

Separados com toda dignidade, Dô demorou ainda algum tempo para entender que precisava voltar aos amigos. Demorou um pouco, é verdade, mas voltou, e se surpreendeu ao ver que os amigos ficaram alegres com a sua volta, e mais ainda quando Bebeto lhe confidenciou que o casamento era uma instituição falida, e Iórran lhe disse que o mundo estava cheio de mulheres, e Mazola batucou "A volta do boêmio", em ritmo de samba. Bêbado desacostumado com bebida, Dô se emocionou e fez um discurso de agradecimento, e falou até não agüentar mais e cair vomitando sobre os companheiros.

Durante um ano, ele bebeu, ajudou Mazola a relembrar velhas canções, saiu à procura de mulheres com Iórran e ouviu, meio perdido, as longas teorias literárias que Bebeto lhe desfilava, com vergonha de sugerir ao amigo certos recursos pungentes das antigas novelas a que assistira, mesmo porque desconfiava, no íntimo, que via no rosto das atrizes, na memória, o rosto de sua ex-esposa, e nos filhos desamparados daqueles dramas o seu próprio filho, que, quem sabe, já estaria começando a falar, e talvez nem se lembrassem de lhe ensinar a palavra "papai".

Querendo sentir-se útil, resolveu adotar as idéias de justiça social de Iórran, recusando-se a pensar que assim agia na tentativa mesquinha de vingar-se da empresa que arruinara sua vida. Participou de alguns debates em sindicatos e universidades, mas tudo o que conseguiu dessa experiência foi acrescentar à angústia e à ressaca de todos os dias o medo da polícia.

Foi quando resolveu novamente mudar de vida. Trancava-se em casa o tempo que lhe sobrava das atividades de auxiliar de escritório na firma de seu irmão para ouvir o rádio que lhe coubera na magnânima divisão de bens do casamento e para fazer os planos de sua reascensão social, que, de acordo com a sua lógica, seguiria uma trajetória tão simples quanto óbvia:

1) o irmão, sabendo de suas dificuldades, lhe oferecera o emprego de auxiliar de escritório em sua firma;

2) se assim o fizera, foi porque, além de parentes consangüíneos, confiava em sua honestidade e em sua capacidade de trabalho;

3) se o cargo era de pouca importância, tinha sido porque o irmão estava submetendo-o a uma espécie de estágio, o tempo necessário para que compreendesse bem o funcionamento da firma e ficasse apto, quando chegasse a época certa, a subir a um posto e a um salário melhor, quem sabe até de chefia, sem causar constrangimentos nem ciúmes aos empregados mais antigos;

4) ele já compreendia bem o funcionamento da firma, o bastante para arriscar, de vez em quando, conselhos aos mais antigos;

5) convidaria o irmão e a cunhada para um jantar em que discutiria os problemas da firma;

6) seria convidado para ser seu sócio, convite que aceitaria com muita honra, e se despediriam mais que como parentes: como velhos amigos.

Por isso, ele custou a acreditar que:

1) o irmão o empregara apenas para atender ao último desejo da mãe, que temia pelo futuro de um rapaz "tão ingênuo e sem juízo";

2) o cargo de auxiliar de escritório só foi criado para que Dô não pesasse muito no orçamento da firma e não tivesse acesso a questões de responsabilidade, pois o irmão o considerava um incapaz, um bêbado e um derrotado;

3) o irmão não o despedira ainda porque não conseguia arrumar outro emprego para ele, em virtude de sua idade, considerada avançada para o mercado brasileiro, e de alguns vetos na área da segurança por sua participação em certas assembléias subversivas;

4) os empregados mais antigos não suportavam os palpites dele, e só não lhe respondiam à altura por ser ele irmão do dono da firma;

5) o irmão recusaria o convite para jantar alegando, polidamente, que sua mulher não gosta de angu com quiabo;

6) o irmão, se pudesse, despediria Dô como se este não fosse seu parente: como velhos inimigos.

Indignado, ele respondeu que seu irmão era um capitalista sujo. O irmão disse que ele era um bêbado inútil, ingrato e chifrudo. Ele respondeu que a cunhada era uma puta e que dava para o tesoureiro da firma. O irmão mandou-o para a rua com um bilhete lacônico e azul. Ele tentou dar um soco no irmão, mas errou. O irmão deu-lhe dois socos, e acertou. Ele gritou, cuspindo um dente quebrado, que o irmão era um filho da puta. O irmão riu, ajeitou-se na poltrona, e o lembrou, com voz suave, que eram filhos da mesma mãe. Ele saiu dali e tomou seu primeiro porre em seis meses.

No dia seguinte, sem ter para onde ir, voltou a procurar os amigos. Encontrou-os como sempre, preparando-se para o início do batuque de todas as noites. Ao terminar o primeiro copo, virou-se para Mazola e disse que gambá só faz cagada, e que se fizesse vinte por cento das coisas certo, não fedia tanto. Mazola respondeu que o que está feito está feito, enquanto batia na caixa de fósforos. Ele ponderou que dessa vez havia feito besteira demais e não gostava nem de pensar nisso. Mazola respondeu que o melhor, então, era pensar noutra coisa.

Conhecendo como conhecia Mazola há tantos anos, Bebeto sabia que, se quisesse, poderia usar suas características para criar um personagem. Daria a ele, evidentemente, traços romanescos, reservando-lhe um lugar de destaque num romance que, um dia, quando tivesse mais vivência literária e existencial, tentaria escrever. Certa noite, no entanto, irritado com o amigo por algum motivo, esqueceu suas intenções e fez a seguinte anotação:

"Era um músico fracassado. Tentara, a princípio, tocar no conjunto de seu bairro. Sem sucesso, conseguiu, apesar de tudo, um lugar na bateria da Escola de Samba Unidos do Horror, formada à última hora para o carnaval, mas que, depois de uns poucos ensaios realizados tarde da noite num lote vago, foi desfeita pela polícia, que suspeitava ser aquilo um despiste para reuniões de maconheiros. Sua vida, agora, era bater caixa de fósforos em barzinhos, aproveitando-se do som alto das fitas que eram tocadas e cujo batuque encobria sua falta de ritmo. Aos domingos, para curar a ressaca de tantos shows trôpegos, costumava sentar-se a tarde toda em frente à televisão para assistir a um longo programa cujo verdadeiro objetivo é vender aparelhos de televisão às donas de casa, em suaves prestações, convencendo-as de que assim elas poderiam assistir melhor àquele programa cujo verdadeiro objetivo é vender aparelhos de televisão às donas de casa. Assiste, sem se alterar, aos joguinhos de adivinhação, sorteios e demais números do programa, assim como aos anúncios e o que mais passe à sua frente. Na hora dos calouros, no entanto, ele fica atento. E sorri quando, por desafinar ou não saber a letra de uma música, o calouro é reprovado."

Depois, Bebeto disse a Mazola que ele era seu personagem. Mazola, comovido com a lembrança do amigo, pediu para ler o texto. Também comovido com a comoção do amigo, Bebeto rasgou sua anotação, pois o que escrevera sobre Mazola, além de superficial e subliterário, era a pura verdade.

"Iórran, o gostoso, está de volta!"
"Só meia hora, cara?"

“Hoje não deu. Tive de marcar para amanhã, porra, logo amanhã que eu tinha um encontro.”

“Assim você morre, bicho.”

“Senta aí.”

“A mulher daquele cara tá me encarando.”

“Ou é você quem está encarando a mulher do cara?”

“Eu encaro mesmo. Alguém me procurou?”

“Não.”

“Que que vocês estavam falando?”

“Nada. Mal da vida dos outros. Mazola canta, Dô bebe e xinga, eu penso.”

“Você vai acabar dando, Bebeto.”

“É, mas quem tá querendo se afirmar é você, com esse papo de mulherzada, aposto que a maior parte é mentira.”

“Você sabe que não é.”

“Você faz gênero, quer que a gente te veja cada dia com uma mulher diferente, nem gosto mais você tem.”

“Eu gosto de mulher, porra.”

“Você gosta é de mostrar que pega mulher. Não veio ninguém te procurar não, velho.”

“E você com esse papo de literatura, você não escreve nada, fica fazendo esses projetos e acaba escrevendo aqueles continhos de merda, seus grilos psicológicos, seu querido diário.”

“Você não entende dessas coisas.”

“Tem tanta coisa a ser denunciada e você com essa dor de corno estética, cheia de frescura.”

"Eu escrevo sobre uns caras como você, uns bostas fazendo pose pra falar de justiça social. Seu socialismo é pegar baranga na rua. Fala das sacanagens dos outros e não faz outra coisa. E os homens estão aí aproveitando o restolho dessa classe média babaca que você representa."

"Classe média é a puta que pariu."

"Que saco, gente", Mazola interrompe seu musical.

"Você ouviu o que esse fedaputa disse?"

"Ele está de fogo."

"Gambazice não é desculpa. É até melhor, assim ele fala o que pensa."

"Tá bom, Iórran. Depois a gente discute isso. Vem cá, você conhece aquele samba do Milton?"

"O Milton nunca fez samba."

"Ah, não? E o País do futebol o quê que é? Olha o sambão aqui é o país do futebol."

"Isso nunca foi samba."

"É, sim."

"Tá bom, então é."

"Vocês estão chatos demais, porra. Amanhã volta tudo com cara de sem-vergonha, tá tudo bebendo junto de novo. Um batuca, outro leva ferro da mulher, outro fala dum livro que não sai nunca. Gambá tem é que beber mesmo."

"O batuque dos gambás", diz Bebeto.

"Quê que é isso?"

"Um poema de Paulo Mendes Campos, '*Infância*', você não entende dessas coisas."

"Já vai começar."

"Tem um trecho assim: o melhor texto li naquele tempo."

"Saco."

"O Bebeto conhece, Iórran, não é ignorante feito você não."

"No cu."

"Ah, Mazola, ouve só: no topázio dos gatos, no bebop dos patos, na romã banal, na trava dos cajus, no batuque dos gambás."

"Dá pra fazer um sambinha."

"A mulher do cara tá olhando. Vou fazer um sinal pra ela."

"Ela topou!"

"Aqui, amanhã, essa hora."

"Puta merda, Iórran, ela topou!"

"É isso aí, seu contista, seu sambista, seu bêbado."

(Sempre os mesmos caras. Ou as mesmas máscaras. Eles podem até mudar, mas as máscaras são as mesmas. O mesmo enredo, o mesmo texto repetido com variações circunstanciais, ano após ano: os gestos decorados do garçom, o tempo marcado para as mudanças de atitude, para a elevação do tom das vozes, em harmonia com o aumento de densidade da fumaça dos cigarros, do vapor dos bafos, do barulho dos copos, hora certa de conversar baixo, ser grave, alegre, debochar, ser solidário, o beijo na música suave, a declaração de amor babujada, o cansaço, o olho vermelho, o flerte frouxo, a dispersão que se tentará costurar no dia seguinte mas que será recebida de volta amanhã à noite, neste mesmo horário e lugar.

Aqui, neste mesmo lugar, ano após ano. Agora, ela se deitou de bruços na mesa, como uma estudante cansada. Uma estudante, é o que ela parece. Sonhando com o que não é ou não tem. Esses cabelos bonitos, lisos, escorregam feito água entre meus dedos. Meus dedos que podem ser fortes e podem ser suaves, é o que ela deve estar pensando agora. Esses mesmos dedos que apertaram o seio dela e que agora acariciam seus cabelos. Ela reagiu, me mordeu, mas depois me beijou, me xingou, e agora descansa. Ela gosta de mim, eu sei, essa é uma forma de amor também: a posse, a violência, o desabafo, o carinho, a lassidão. Eu vejo essas coisas: as coisas se repetem, em outro nível.)

Recostado, ele vê as marcas da mordida sumindo no braço, e, mais adiante, seus dedos emergindo dos cabelos dela, os fiapos ralos e a nuca frágil, as costas respirando sob o pano fino da blusa. Na mão direita, o cigarro que buscou no cinzeiro, a fumaça que solta para cima e que ofusca os cartazes anunciando shows e viagens na parede do lado de lá. Antigamente, ele se lembra, eram exposições de pintura.

(Agora, anúncios de shows. Estamos mais velhos, mas continuamos em cartaz, aqui, nesta mesa, todas as noites. O pessoal todo sumiu. O Sandro, que sonhava ser músico. O Celso, que só queria encher a cara. Eles sumiram. Hoje são aqueles quatro caras ali, no lugar da gente. Cheios de idéias, de projetos, tudo inútil, que esse bar não tem porta de saída. A cena é a mesma. O garçom tem outro sujeito fazendo o seu papel. Eles devem estar falando de futebol, de mulher, de arte, de qualquer coisa. Como falavam meus amigos. Me lembra até um dia, aqui nessa minha mesa, quando eu disse a ela que, ou não, eu não cheguei a dizer. Eu fiquei nervoso, apertei o copo de chope com tanta força que ele se espatifou e não entendemos mais nada. As coisas se repetem. Evidente que improvisamos. E ficamos mais experientes. Hoje, em vez de um copo, apertei o seio dela. Essa foi diferente. Respondeu com uma mordida. Ficou comigo. Gosta de mim. Sabe compor o elenco, como entende que eu sou mais forte que ela, que o lugar dela é aqui, coadjuvante, companheira.)

Antes de se levantar, o homem conta o troco e deixa algumas notas de gorjeta. De pé, estende a mão para a mulher, que ergue o corpo lentamente, submissa. Ajeita a camisa dentro das calças e vai saindo na frente.

Ela vem andando atrás, devagar, esbarra na mesa dos rapazes. O bonitinho, atento, volta a piscar para ela. Responde com um sorriso. Os outros rapazes acompanham a cena. Depois sorriem ao ver Iórran, pela primeira vez, se dirigir ao garçom. Pede uísque. Nacional. Não comenta nada, mas não pode disfarçar a satisfação da grande conquista. Vira o uísque de um gole, engasga, enxerga tudo embaçado de lágrimas. Quando consegue respirar novamente, pede outro. São duas horas da manhã. Ou uma e meia. Ou meia-noite. Tanto faz.

OUTROS CONTOS

(de **Areia Tornando em Pedra** e
Dorinha Dorê a inéditos)

Pequenas canções de outono

1

Ele gastava as tardes olhando os pássaros. Não que a paisagem, vista de sua janela, fosse plena de florilégios. Não era. Era apenas o canteiro do andar térreo confinado pelo concreto de tantos prédios, antenas, varais e muros serrilhados de cacos de vidro. O sol de abril já iniciara sua segunda mão de amarelo nas folhas ainda agarradas aos esguios galhinhos debruçados sobre o quintal ao lado, e, ao escorregar desabando por detrás dos trapos das nuvens que se esgarçavam ao longe, disparava as últimas faíscas em seus olhos, tão rápidas quanto as asas do colibri verde e preto que ameaçava beijar uma florzinha tímida, já bem emurchecida, mas conservando seu surrado vestido vermelho, os lábios desgastados pendentes.

Ele ficava sempre na mesma posição, os braços apoiados na janela, observando as evoluções dos passarinhos — e insistia no diminutivo como se asas, bicos e a leveza do pouso lhe recordassem plumas e bocas, principalmente as asas, principalmente. Pois era enfiando a cara sob elas que a rolinha rechonchuda negaceava o macho que por diversas vezes tentara o bote sobre ela na beirada do muro, ou no telhado de outro prédio, ou sob a roseira para onde ela fugia e retornava coquete e femininamente desinteressada, e ao fim de cada investida ele procurava, soberbo, despistar o fracasso, girando a cabeça acinzentada como um periscópio sem controle perdido na espionagem aos minúsculos bicos-de-lacre que, aos pares, namoravam na pracinha do longo galho balançante esfregando seus batons nas penas dos parceiros até que o comando do chefe os alertava da aproximação do guarda e disparavam em bando para o pinheiro do prédio vizinho, enfeitando o Natal temporão com pios e sustos.

Com a chegada da noite e seus morcegos, ele fechava a janela, a cortina e a tarde, imaginando que em outros beirais seus passarinhos começavam a levar as coisas a sério, e que aqueles arrulhos, e que aquelas leves bicadas, e que aquele entrelaçar de asas e penas logo seriam o forro do ninho onde ele afundaria o rosto e sonharia com vôos e trinados suaves, enrolado em seu novelo, trancado em sua gaiola.

2

Perto das quatro horas da madrugada, o homem entrou no apartamento e fechou a porta com o cuidado exagerado de quem não quer que o pai acorde e veja que está bêbado. Isso porque aprendera, em todos aqueles anos em que viveram ali sozinhos, que a vida chegava a ser suportável desde que evitasse um encontro a essas horas, no estado em que se encontrava, pois a cena era sempre a mesma: o pai fazendo cara de quem já desistiu e ele entre o remorso e a raiva, com vontade de gritar e chorar ao mesmo tempo, pois o silêncio do outro era uma acusação indefensável.

Dessa vez, no entanto, o pai não surgiu na porta do quarto, nem acendeu a luz para olhá-lo entre as pálpebras amarrotadas. O homem se voltou para trancar a porta e, com um salto rápido para o lado, evitou esbarrar numa cadeira mal colocada. Parou para respirar, satisfeito de não ter feito barulho nenhum, mas se surpreendeu ao ver que não tinha adiantado nada seu esforço, pois o vulto do pai estava ali, como sempre, mas reclinado sobre a mesa da copa, como se tivesse dormido enquanto o esperava.

Esperou que ele se mexesse, mas o outro continuava imóvel. Pensou que deveria acordá-lo, que deveria dizer a ele para ir dormir na cama, mas desistiu disso ao acender a luz. Desistiu de tudo ao ver o rosto dele enfiado num prato de sopa, a sopa de letrinhas de macarrão que gostava de dizer que preferia por ser o filho um escritor. E entendeu logo, ao ver o pai com o nariz e a boca dentro do prato e com os olhos abertos em sua direção, que ele tinha morrido havia bastante tempo, pois a própria sopa criara em sua superfície uma crosta de gordura já bem espessa.

Ficou parado, pensando no que deveria fazer, e entendeu que o que realmente o perturbava eram os olhos abertos do pai, os mesmos olhos de quem, certa vez, entre muitos outros conselhos, afirmara que a última coisa que se poderia fazer por um homem era fechar seus olhos logo que morresse, pois acreditava que o verdadeiro descanso só chega quando se cortam todas as ligações com o mundo exterior e a luz desaparece para sempre. Pensou que deveria fazer exatamente isso — fechar os olhos dele — mas, quando levantou o rosto do pai, notou que o pescoço começava a se enrijecer e que algumas letrinhas da sopa estavam grudadas em seus cabelos.

Limpou-os o melhor que pôde com seu lenço fino, azul-claro, e, meio sem jeito, conseguiu arrastar o corpo do pai até a poltrona, pois achou que se ele ficasse naquela posição, sentado, pela manhã teriam de ser quebradas suas juntas para que pudesse ser colocado no caixão. Esticou o corpo do pai na poltrona e fechou-lhe os olhos com certa cerimônia, lembrando-se de que era esse o único gesto de caridade que poderia fazer naquele momento. Depois sentou-se ao lado do corpo na poltrona, ainda com o lenço cheio de letrinhas na mão, e viu que as letras, ali, não conseguiam fazer sentido algum. Mesmo assim sentiu-se de certa forma aliviado, pensando que, afinal, pela primeira vez em muitos anos ele tinha conseguido fazer alguma coisa por aquele homem.

3

O garçom Gino coloca o prato de espaguete sobre a toalha vermelha e branca que cobre o caixote, antes de perguntar a Vagabundo se quer mais alguma coisa. Vagabundo não quer mais nada, nem ao menos responde, enquanto está parado olhando as longas orelhas amarelas de sua Dama, que fica de cabeça baixa e com ar de dengo. Mesmo assim, Gino vai lá dentro buscar sua sanfona, e seus bigodes enormes tremem nas notas mais agudas do "Sole mio". Vagabundo e Dama ainda não tocaram na comida, mas já se podem notar os ariscos choques das chispas que saem dos olhos deles e do molho de tomate sobre as almôndegas, refletindo a luz da vela.

Vagabundo é o primeiro a beliscar a ponta de um fio do espaguete, que vai enrolando com a língua enquanto olha agradecido o Gino, com ar de quem está entendendo tudo aquilo, inclusive sua estranha preferência por restaurantes italianos — talvez para impressionar a Dama. Dama também está comendo sem perguntar nada, e às vezes olha para cima e vê os varais amarrados entre os dois prédios que formam aquele beco, as roupas balançando e a noite azulada lá no fundo. Ela está mordendo a outra ponta do espaguete.

Gino canta e dança e aperta a sanfona e seu avental branco está muito limpo. Ele não vai atender ninguém mais esta noite. Vagabundo começa a chupar a ponta do espaguete, ainda olhando para o garçom, e não percebe que sua cabeça começa a se virar na direção de Dama, que por sua vez inclina-se na direção dele. Estão comendo o mesmo fio do espaguete e, daqui a pouco, vão acabar se encontrando. E se encontram, e esbarram seus focinhos um no outro no momento em que deixam de ouvir a música e abrem seus olhos espantados. Vagabundo não consegue falar nada e Dama, depois de um momento de surpresa, volta a abaixar a cabeça, encabulada, com os cílios compridos piscando muito e o rosto vermelho. Vagabundo não consegue falar com ela, mas empurra a última almôndega para o lado de Dama com a ponta do focinho. Ela percebe e volta a olhar para ele, já com um pouco de coragem, agradecida por tudo aquilo e pelo silêncio. Gino, entendendo, se afasta sem que eles vejam. Eles não podem mais notar sua presença ali.

Depois, seguem-se cenas rápidas, aventuras e final feliz. Daqui a pouco vai começar tudo de novo e, por uma semana, cinco vezes por dia, eles vão sentar-se em frente ao caixote coberto por uma toalha vermelha e branca enquanto esperam que Gino traga o espaguete, a sanfona, e cante para eles. E depois, por muitos anos, a mesma cena estará presente, com o mesmo céu azulado lá no fundo e as roupas nos varais dançando a mesma dança ao vento.

4

Um dia, o filho mais novo do sargento Lima acordou muito agitado, correndo pela casa e gritando que toda a família viesse ver. Sacudiu a irmã da cama, *Marly, eu já sei voar!* Marly rolou no sono, disse que acreditava e embolou um resto de frase que o menino não pôde ouvir: estava correndo atrás do cachorro, deu um chute nele e puxou de uma vez a toalha de mesa, jogando longe as xícaras e a cesta de pão que esperavam para o café. O pai ficou parado na porta do quarto, o rosto amarrotado e o pijama. Guto subiu numa cadeira, pôs a mãozinha e um pé na frente e embalou para cima da mesa, escorregando nas meias de náilon contra o verniz sempre muito bem encerado. A família atulhada na porta. Ele abriu os braços, estufou o peitinho e voou. A família olhando. Ele voou, pairou no ar um instante e desceu inteiro sobre a cristaleira, espatifando a vidraça com o rosto. Foi então que a família acordou, no grito comprido de Guto rolando pelo chão. Quando o sargento Lima o dominou — e o fez como costumava imobilizar os adversários de judô, as pernas firmemente apoiadas no tronco do menino —, segurou no ar a careta de nojo: os dois olhos vazados, crivados de cacos de vidro, as lágrimas do filho eram sangue puro.

5

Tirou os óculos escuros e esfregou os olhos quando a primeira gota de suor escorreu-lhe do rosto e embrenhou-se por entre os pêlos brancos do peito. Havia algum tempo que ele estava ali sentado, observando os netos que desorganizavam com mergulhos, braçadas e gritos a calma da piscina da manhã, e seus corpos molhados faiscavam ao sol como peixes enredados num arrastão, agitando e espadanando a alucinação da água, e, por um instante, suspeitou que movimentos semelhantes remexeram seu cérebro num átimo sobressaltado. O sol, certamente — ele se socorreu —, e esticou a mão até o boné que deixara sobre o jornal na mesinha de tira-gostos para ajeitá-lo aos fios imaginários que deviam ralear nas sardas de sua cabeça.

Olhou em torno para conferir os netos e viu que estava tudo certo, cada qual em sua função de criança, a não ser a mais velha, deitada tiritando na toalha ali em frente, o ensopado do corpo sendo substituído por gotinhas prestes a transbordar ou se refugiar no quase nada do biquíni. A peça superior, que antes o fizera rir por lhe parecer apenas um desejo de virar logo mulher, revelava a sugestão de um seio ansioso por nascer, espetando o pano como se bicasse a casca de um ovo. A vida seguindo em frente, ele pensou.

Puxou a aba do boné sobre o rosto e fechou os olhos, tentando dispersar na espreguiçadeira umas tantas outras visões que se superpunham a esse presente, visões há muito espalhadas pela estrada, mas que ele temia que, se concentradas, fariam sua própria vida, ou o que ainda recordava dela, pegar um atalho contrário, nadando de costas através dessas gerações saltitantes rumo a um filme, agora mudo, do passado.

Um filme que começava com cenas de praia, muita gente se enrolando nas ondas, um ou outro gaiato fazendo caretas para a câmera, baldinhos, petecas, espuma, castelos de areia e, por fim, a imagem se fixando no corpo de uma mulher vindo em sua direção, enxugando o azul dos olhos enquanto se inclinava para deitar ao seu lado na areia, num ritmo denunciador das curvas, quedas, reentrâncias, desvios, suavidades, gemidos e germinações que ele sabia estar ali contidos, e que bastava um gesto seu para ter início um ciclo que ele não imaginava onde poderia terminar.

Primeira lição

para Libério Neves

A hora do Grupo começava sempre muito antes, no leite depois do almoço. Como se viesse crescendo peito adentro, o uniforme passadinho reforçando as cores do dia. A mãe embrulhava o dinheiro da condução, o da ida e o da volta, separados. A moldura da espera: a merendeira recendendo incerta entre goiabada, manteiga e lápis. Se bem que podia ser apenas o cheiro do couro da pasta, livros protegendo cadernos para que não amassassem, a régua medindo centímetros de espaço, gilete e borracha anulando perigos na bolsinha. E, no centro do tesouro, o trabalho de geografia. Tinha recortado cuidadosamente a cartolina no tamanho de caber ali sem precisar ser dobrada. Tudo assim, um talquinho secava na janela a redação colada, não borraria no pegar. Desta tinha certeza que estava bem, catada de noitinha nos recortes do pai, sorrateiro que ninguém interferisse. A proximidade da aula sumia numa estrada espichada e o jeito era ficar relembrando os trechos mais bacanas, aquela frase por baixo da ilustração, a sensação, melhor até que brincar, de ver o trabalho tomar corpo, de tal maneira ajeitado que pudesse terminar como no jornal, na fala do Ministro. O título, desenhado vermelho, saltava sua imponência, capricho bom para a nota. Escondia-se da mãe pouco escondendo a surpresa guardada. As outras preocupações eram verificar o sapato bem engraxado, se a meia estava limpa. O trabalho de geografia deixava longe os brinquedos, a essa hora esparramados pelo quintal.

O Grupo era uma gritaria colorida, dificuldade de achar Serginho para conferir os exercícios. Em cima da hora, já se alinhavam as turmas, desmanchando o quatro-cantos que a meninada brincava. Uma vontade súbita de ir à casinha já era impossível, todos veriam. Até a Dorinha. E ela estava na fila ao lado, das meninas, o rosto corado de correr no pátio. Sentia pena das mechas louras se escurecendo suadas, sempre se lembraria delas assim nas heróicas aventuras no chato das aulas. Carecia salvá-la de perigos: um cipó de voar sobre o inimigo, uma árvore fácil de trepar. A paisagem árida do pátio o desarmava. Talvez, num último recurso, a sacada perto da sala, era só tomar cuidado da diretora não ver. As filas uma a uma deixaram que o galpão crescesse, minutos sucessivos vincando as primeiras gravidades. Dorinha ia por outros caminhos, orgulhosa de seus cadernos encapados com papel de seda.

A aula tinha seus regulamentos: meninos à direita, meninas à esquerda, carteiras em linha. Primeiro, todos de pé, a turma respondia o padre-nosso da professora. Depois ela viria recolhendo os cadernos, reclamando dos para-casa rabiscados. Um, Hilário, sem justificativa de falta, teria de conversar com a diretora no gabinete, agora não adiantava ficar ali chorando. O grito da mulher constrangia mais que a camisa suja do pegador que ele tinha brincado. Se recitava que o menino mau é o que desacata professora, o remédio era o castigo, aprenderia por força. Os outros, enquanto, que tudo fazem certo, terão a recompensa, ela firme no que prometia. O silêncio chegava. Dividir as laranjas era fácil, mas na hora de repartir o queijo em frações a mão começava a suar. Fazia os cálculos: daqui a dois anos faço o admissão; mais quatro, mais três, mais cinco. Experimentava a tabuada. O medo de complicar as contas só acabava na lembrança do trabalho. Sabia que os outros fizeram ajudados, mãe e irmã supervisionando, ensinando como. Superava com o olhar, o dele era só dele. Imaginava, vivendo quase, os elogios de dona Lígia, serviria de exemplo. Copiava tudo para se distrair, um ventinho frio na janela cutucava a memória. Depois da lição, feita a chamada, a professora daria o resultado, o prêmio, Dorinha o veria exposto na parede. Mas antes ela precisava saber outras coisas, como os alunos iam. Chamou Ivan ao quadro para argüição. O trabalho ficou longe, de repente. Ele juntou rapidamente os pontos que sabia, como se chama mesmo aquela ilha que o vulcão fez?, ele poderia ser chamado também. O encanto se perdia entre as subtrações e as adições intermináveis. Foi o tempo maior, arrastado, até que a sirene furou o medo, abrindo em todos os gritos do recreio. A professora voltou ao seu lugar, perigo ultrapassado até mais tarde.

Deixou que todos saíssem primeiro, reincorporado. Importava verificar pela última vez o trabalho, cuidadosamente metido no caderno grande de desenho. A frase do Ministro acertava tudo de novo, a confiança, vontade que fosse dele também. Largou o trabalho na mesa da professora e foi para o pátio, secreto de não brincar desta vez. Conferia a limpeza da roupa, o cabelo penteado, mais que na primeira comunhão. Ficou de pé na varanda, responsável, vendo adulto a correria, ora uma briga se acabando no receio do castigo. As mãos gelavam espera. Notou que Serginho conversava com Dora na cantina: as pessoas já quase não tinham rosto. Queria ver era depois do trabalho classificado, as coisas acertariam a direção. A cartolina branca o levava a nova aventura. Ria-se até de ter pensado em cipós, das invejas, os filmes da televisão. Um susto — ela deve ter vindo de manso — quando a diretora gritou o fim do recreio. Vergonha estar tão longe dos colegas, por que não estava brincando?, sempre atrasado nas formações. Estranhava impressionar-se tão pouco. Desceu para o galpão com todos já formados, dono da sua importância, desligando tudo aquilo do momento solene que agora estava perto.

O Grupo se esticava em seus limites apertados, as legiões perfiladas sob seu comando. Dorinha tinha que estar separada daquela gente, presa numa torre. Nem a admitia mais na fila das meninas. Na hora do prêmio é que a descobriria, planejava para ela um olhar complacente, na correta dimensão. A professora esperava na varanda. Procurou em seu rosto se o trabalho já estava destacado, pronto para os elogios. Anotações e comentários, o parabéns na voz esgarçada. A sala crescia sobre ele, aquela porta grande. Entrou atropelando, queria saber logo.

A carteira lá no fundo, ele tremia quando os outros o olhavam. Queria que fosse tudo muito rápido, dividindo pressa e demora nos movimentos, querendo e não. O dia reacontecia desordenado, os planos embolados, assustados com qualquer palavra ou barulhinho. Quebrava-se a hora, sem minutos. Os nomes chamados, só ouvia o seu, desesperando um a um. Até que acabaram. Os colegas foram se amontoando junto à mesa de dona Lígia, comentavam uma palavraria aflita, incongruente. Serginho se irritava de ser o segundo lugar, dizia que o trabalho da Inês só tinha enfeite. Foi lá ver: um cartaz bonito, escrito em versos. Se ilhavam, os grupinhos feitos. Dora estava por ali, perto de Serginho. Desde a cantina, lembrou. Tentava amenizar a fúria dele, ela também não tinha ganho nada. Como um adulto, enveredou-se entre eles, pedindo licença com a ponta dos dedos. Pegou o trabalho, o visto da professora, enfiando-o na pasta com capricho, a régua atrapalhando um pouco. Saiu da sala escondido, determinado. Depois correu, porque o pátio vazio, àquela hora, era grande demais para ele.

Do outro lado

A aposentadoria de Mateus já não suportava aquela casa, de pouco conforto, mobília feia, ele tinha de mudá-la. Queria, mais que tudo, preparar um ambiente de acordo com os dias que vinham chegando, para o descanso e a dignidade, um fim decente. Era como se atormentava, no cuidado minucioso de arquitetar possibilidades de mudanças, não muito exageradas, procurando conciliar passado e conclusão, a casa sendo o único legado. Um pouco de fantasia, evitava os móveis que lembrassem a repartição, jogava ao lixo aquele tempo com a folhinha, os últimos meses riscados de contar. Fechava-se em casa preocupado em reparar todos os ângulos, o que esconder ou realçar. Pensava numa estante bem grande para cobrir o mofado na parede da sala, ou uma pintura, a cor escolhida, grave, de se impor a quem entrasse, forçar respeito. Imaginava os amigos parados ali na porta, com a intimidade estancada, respeitando a idade dele. Isso era importante: lembrassem inclusive das opiniões que deram sobre a decoração, as revistas emprestadas sugerindo falsidades caras e inoportunas. Nunca entenderiam Mateus, enciumado nas próprias idéias, se rebuscando, querendo se incorporar nas gavetas, nas cortinas, a casa e ele como um só corpo. Sabia disto, nem se importava mais em explicar. Para ele só existia essa tarefa, íntima, última.

A casa, velha, carecia de algumas instalações mais modernas, goteiras que bem poderiam estragar os móveis. Isso, mesquinharias, ele chamaria um bombeiro. A casa se diminuía nesses casos. Talvez o importante mesmo fosse só a sala, de imaginação a cabeça, como ele, essências. Os outros cômodos eram as bobagens da vida, no fim ninguém repararia neles. Um grande tapete sustentava a mesa, espalhava marrom a luz no chão. Lâmpadas indiretas coloriam sobriedade em voltas cruzadas, faziam uma cristazinha branca na lombada dos livros, contornavam, morninhas, o suporte da Bíblia dourada, de pé ao lado do piano. A sala flutuava em tufos, veludos sérios. Mateus, sentado num banquinho, cuidando os pés de não sujar o arrumado, notava a súbita feiúra de seu suéter velho. Planejava outras roupas, naquele molde, gola e punho em pele, esbarrava este sonho no empréstimo do banco. Desprezava essa lembrança: coisa lá de fora, como o bombeiro e sua maleta enferrujada, a gente toda.

Mateus se sumia nos intervalos, esticado na cama, a obra seria lenta. Contava com a proteção do grande Cristo sobre o criado, busto de bom talho, impondo a fé chorada das velas no castiçal. Os mosquitos eternizavam uma sujeira pingada na cabeça da imagem, na falta de cuidado em limpá-la de vez em quando. Mateus tentava fechar os olhos, entre inventar tantas molduras, até desaparecer provisório no sono pouco a pouco pacificado. Uma hora o bombeiro gritou lá de baixo que precisava abrir o sótão, um cano qualquer que estivesse jogado por lá.

O sótão era tecido por umas aranhas tão antigas como tudo. De Mateus teria até lembranças de menino, encaixotadas durante a vida. Ele sentia um pouco o receio de achar algum retrato da família, os irmãos vestidos de marinheiro, crescendo e morrendo. Deixou que o bombeiro mesmo revirasse o material. Ficava com a lanterna. A curiosidade mal contida via na poeira as coisas esquecidas. Logo, os olhos acostumados, o facho da luz se amorteceu na restiazinha que furava o quebrado da janela. Devia ter sido pedrada, os moleques que brincavam do outro lado fazendo tanto barulho. E daquele vidro, cor de vinho, não se encontrava mais. Forçou o resto para fora. Mais tarde mandaria limpar o sótão, colocar uma vidraça nova, maior, que desse claridade mais eficiente. Os cacos foram cair gritando no muro do vizinho. A preocupação da idade, Mateus conhecia esse perigo. Enfiou meio rosto para fora da janela, evitando se cortar. Por sorte não tinham caído na menina da casa ao lado, brincando logo ali, meio assustada olhando a casa de Mateus, sem entender. Sua respiração mudou a forma de ofegar, não podia tirar os olhos dela. Segurava com força a beira serrilhada de cacos, sem perceber um fio de sangue escorrendo pelos dedos. Até que ela disparou tropeçando para a porta da cozinha. Mudava tudo, aquela velhice. Quando começou a doer levemente a ferida entrando pela mão, junto com um suor mole que havia muito deixara de sentir. Desceu escondendo o ferimento do bombeiro, envergonhado. O outro nem percebia, indo satisfeito com o pedaço de cano achado, exatamente do tamanho, ferro bom. Separaram-se, enfim, para as tão diferentes ocupações. Depois, um pouco de mercúrio no machucado, tentaria reatar o sono, misturar os pesadelos.

Passou a ter uma idéia freqüente de tapar a janela. Instalaria ali lâmpadas fortes, a melhor maneira de lavar a visão da menina incomodando a sua velhice. Evitou o sótão por algum tempo, não querendo que chegasse a hora de dizer aos pedreiros como fazer. Passava o dia com os livros na sala, lia pedaços da Bíblia, epístolas, salmos, versículos, palavras, visões, profecias e apocalipses. A tentação era contida nessas leituras, de fé conquistada, com alma de limpar o Cristo no quarto, até que viesse o descanso na tardinha para ficar na varanda vendo o dia escurecer. Já sabia de cor os jardins da vizinhança, o portão da casa da menina. Para este aprendeu um olhar rápido, se autodesculpando, imaginava um namoro meio escondido ali, as maldades conhecidas. Ela teria nem doze anos, media pelo tamaninho dos seios apenas apontados. E escorregava seus propósitos assim, aos retalhos. Entre as leituras cada vez mais difíceis, ela aparecia sempre tomando as personagens, no nome mais de acordo, a mania do ambiente. Largados pouco a pouco, os livros pegavam uma poeira pousada de mansinho. Culpava os óculos, já nem o rádio podia prendê-lo por muito tempo.

A janelinha do sótão, voltou lá um dia. Ele se preocupava em acabar com aquilo, queria tirar a prova, o contra-remédio. Lembrou-se das regras de superar cismas, as atitudes. Chegou determinado cuidadoso o rosto pela janela, esquadrinhando onde estaria a menina. Não estava no quintal. Mateus pulsava decepção. Acabava um pouco dela ali mesmo, e ele sentiu, livre, que não queria mais esquecê-la. Apertava os olhos nas lentes, tentando ver através das cortinas. A casa estava muito fechada. Apenas umas galinhas ciscavam lá nos fundos, aumentavam o silêncio. Mateus roía o vazio. Restava ficar olhando por sobre o muro, os cacos tinham sido varridos, completamente.

Esqueceu o projeto, não queria partilhar o segredo com nenhum bombeiro. Era a distração furtiva, criança quase, até a paisagem tinha seu bizarro. Ele já não cabia na sala atapetada. Ficava no sótão a tarde toda, deixando sempre um caixote estrategicamente desarrumado para as visitas inesperadas. Depois ajeitava um banquinho meio de lado da janela, num ponto em que ninguém de fora pudesse divisá-lo, protegido pela sombra e pelo abacateiro da casa dela. Vez por outra a menina aparecia no quintal, esquecida dos cacos. Mas sempre rapidamente, sem brincar, Mateus se encantava de que ela não era tão criança assim. Ficava reparando o caminhar, a saia curtinha, ora de calça comprida, os seios querendo nascer, o requinte. Às vezes, sumia entre as cortinas das buganvílias e ele adivinhava pequenas espinhas colorindo-lhe a pele do rosto, e imaginava que ela já teria aprendido a dedilhar as próprias pétalas. Respirava lento, não perderia esses movimentos. Até que ela voltasse para dentro de casa, fosse passear na rua. Então ia para o seu quarto, ia limpar feliz seu Cristo sobre o criado.

A vida, agora, já não tinha mais tempo de pensar na morte. Demorava-se no banho, como seria ela nua?, o sabão descendo pelo corpo se perdendo no ladrilho. O cuidado maior de aparar o bigodinho, vestir a camisa mais limpa. Depois era esperar que ela voltasse ao quintal, dele, na melhor forma que ninguém podia. Quando não, ficava rodando pela sala, planejava onde poderia abrir novas janelas, instalar periscópios, um vidro daqueles que é espelho de um lado e transparente de outro, que sempre o intrigara nos filmes policiais. Censurava os excessos, por vezes, a menina se mantinha pura durante o remorso. Um dia foi a mãe dela quem veio. Mateus se encolheu no esconderijo, ela vinha para descobri-lo. Ficou um tempo retido. A mulher arrancou um lençol no varal, olhou de novo na direção da janelinha. Sua menina nunca mais brincaria ali.

No dia seguinte vieram os pedreiros. Mateus escolheu uns quadros antigos para cobrir o reboco, mesmo tendo certeza de que fecharia o sótão para sempre, logo terminasse o serviço. Sem mais nada a esconder, ia dando as ordens, queria que tudo acabasse logo. Acabou. Ocupou-se de volta com o porte, de austero estilo, a sala o acolheu como antes, criados e nascidos juntos. Se não agüentava, se lembrava, saía para a rua, ia visitar os colegas na repartição. Esmerava-se em conversar diferente dos tempos de trabalho, sabedor de ser mais velho, mais vivido, dava essa importância. Voltava para casa bem cansado, o sono não passaria da segunda página do jornal. Sentia já certa facilidade, velho, de esquecer as coisas, confiava nisso. Aumentou as visitas, os amigos notaram. Uma puxava essa outra descoberta, na persistência, o caráter de Mateus. Firme como a casa. Por vezes acontecia de cruzar com a menina na rua, cada um em sua idade, ela voltando do colégio indiferente aos cansaços dele, no normal de tudo. Era só a vizinha, como o eram a mãe, o sapateiro, o bairro inteiro. Talvez aquele dia no quintal tivesse sido apenas imaginação sua, lembrava a perfeição da trincheira. Resolveu. Ela veio pela calçada andando muito depressa quando Mateus disse bom-dia, anônimos de tanto tempo, querendo ser o vizinho dela. A menina parou, um susto de instante. Depois correu para dentro de casa. Foi fácil de entender. Mateus retomou o ar mais sério. Já podia voltar para sua sala, os livros na estante cobrindo o mofo, a Bíblia contrastando com o piano.

Tranças

Na janela, a lâmpada, o poste, uma parte do anúncio de refrigerante. A luz vem, se quebra e se prega no canto superior da vidraça e logo se cobre de pequenos quadrados, dispersando o azul-claro da margarida que ainda dança, se repuxa, vai parando. Então a cortina maior, pesada, fecha a visão da rua por inteiro, as duas argolas de madeira se encontram e se entrelaçam. A barra de franja limpa, espalha o pó entre os tacos entremeados de três em três numa escadinha diagonal que vai até a borda esfiapada do tapete, que dali inicia um círculo interrompido por vários monstros. Está coberto pelo peso do pé da mesa, como garra, que se afunda nele e se firma, dá uma voltinha, volta, torneia, vai subindo até o topo e lá descansa, esticando-se para os quatro lados da superfície lisa: dois relógios pousados, os ponteiros concordando — 15 para as 3 —, o menor deitado sobre a camurça preta e fina, o maior dobrado sobre os nós de ouro e um pouco virado na direção da janela.

Essa mesinha sustenta ainda um maço de cigarros, um isqueiro com nome gravado e um cinzeiro com duas guimbas amassadas, e está no mesmo nível da cama, à mesma distância da parede, ombro que parte para o outro lado numa linha retorcida de metal amarelo que aponta para cima, se contorce, enrola-se nuns arabescos e desata descendo para o chão lisa e firme. Seu trajeto faz moldura e cerca as almofadas bordadas que, vez por outra, são cobertas pelos fios avermelhados dos cabelos de uma mulher que ora se acalmam, ora se agitam para os lados ou desaparecem parcialmente sob outra cabeça que tenta prendê-los com os dentes afundando a testa na borda desocupada do travesseiro. Em cima, na parede, a reprodução de um quadro de Picasso. Na mesinha, os dois relógios pulsam e marcam o compasso da respiração deles, tum, tum, um, um, ah.

Ah e o homem se ergue um pouco, olha o rosto dela e escorrega para o lado, deita a face direita ao lado direito da mulher e mantém os olhos bem abertos, de frente para as duas cadeiras que estão de costas para a parede, postadas como se empenhando em não amarrotar as peças de roupa dobradas sobre elas: uma camisa azul, a gravata, a saia xadrez, a meia de náilon, a de algodão cinza-chumbo, a calça de lã pesada com uma perna caindo para o chão e se esticando como para recolher a outra meia de náilon que está murcha sobre a outra de algodão, dois sapatos escuros e o de grande salto fino, deitado e imóvel. Imóvel até ser empurrado de leve pelo pé do homem que se levanta, hesita um pouco, anda até perto da vitrola e fica lá parado, o tendão espremido e tenso de quem se apóia numa perna só.

De onde está, ela o olha com respiração demorada, as costas que mostram riscos vermelhos, corridos por unhas, possivelmente. Ela não sabe ao certo. Mas acha feio o jeito dele se inclinar para abrir a vitrola e segurar o disco com tanta delicadeza. Ele espera a agulha tocar o sulco, dar um estalinho e se acomodar zumbindo macio, a cadência surgindo. Ele se volta e ela vê seu rosto dentro do escuro, crescendo em sua direção. Senta-se na cama, joga o gelo no copo, mexe com o dedão, bebe e retorce a cara. Depois vem virando, apóia um braço de cada lado do corpo dela e se debruça, um beijo na testa, no rosto, na boca, ela sente o frio e o cheiro lavado do conhaque.

Ele puxa a colcha até o peito, apóia o corpo sobre o cotovelo esquerdo e o queixo na palma da mão. Ela, os olhos fechados, não se mexe. Ele passa o corpo sobre o dela para buscar o isqueiro e um cigarro na mesinha. Acende e volta para o seu canto, deita-se de costas, desce a nuca sobre o braço livre e sopra a fumaça para o teto, sem conseguir vê-la até que encontre um fio de luz e corra de parede a parede, perto da lâmpada, sem incomodar as duas bruxas sobre o globo. Ele pensa um instante se aqueles bichos não são da mesma espécie, o tamanho é quase o mesmo, começa a prestar atenção mas sente os dedos da mulher tocando seu ombro, e depois a manta dos cabelos começando a cobri-lo. Ela vem de lado, encosta-lhe o rosto no peito e rola, mordendo uns fios retorcidos e ficando quieta para ouvir no fundo a respiração dele, o sopro leve e o batuque. Ele fica um instante imóvel, olhando as bruxinhas e a fumaça se esgarçando. Esmaga o toco do cigarro no cinzeiro, tira o braço de baixo da nuca e enlaça a cabeça da mulher, os cabelos, torce alguns cachos entre os dedos. Faz uma pausa para ouvir que disco está caindo e nota um arranhão em seu braço, ela quietinha deitada sobre seu peito, tenta ficar macio para que ela nunca mais saia dali.

Um olho no quadro de Picasso é grande e aberto. Mas olha como um morto, um afogado, as algas boiando em cima. A mulher dá uma bicadinha em seu ombro e resmunga, vira-se e mostra as costas nuas. Ele passa a palma da mão, contando as vértebras. Dali pode ver a borda da saia apontando entre as pernas de sua calça, as roupas amontoadas na cadeira. Embaixo, descendo pela madeira escura, a meia comprida de náilon e a perna fina, as quatro pernas mancas sobre o tapete e o assoalho. Ele vê aquelas roupas e que elas se movem, a perna esquerda da calça cobre uma parte da saia, passeia sobre ela, e a manga da camisa desce sobre a meia transparente, a gravata mole, caída, mas como se esperando o momento de envolvê-la pelo pescoço e começar um nó cada vez mais forte, mais forte, e um barulho de engrenagem que faz a preparação para a entrada suave da voz de uma mulher que ele tenta seguir, repete algumas palavras, more, misty, remember, must, e se debruça sobre ela.

Do outro lado, a barra da cortina também desce em compridas, finas tranças, os fios brilhantes enroscando-se na espiral tripla: a coxa em cima, a perna, o pé, o joelho se dobra e surge por baixo a outra perna, some, outro joelho, a coxa, até ficar pendente, até se encostar no assoalho e descansar, num pé e numa perna. As duas alas fechadas, mantendo a noite do lado de fora. Um pouco acima, as argolas de madeira se tocando, os pingentes de mãos dadas. O homem está apoiado sobre o braço esquerdo e envolve nos dedos os fios avermelhados dos cabelos dela, cruzando-os. Depois começa a alisá-los, passa a polpa do indicador, encontra o lóbulo mole da orelha e sente a seda. Ela vem virando o rosto, os olhos ainda fechados e os cílios pretos, a boca se abre nesse movimento e os dentes brilham, uma faca na sombra que se enrola na colcha e vai abrindo-a até embaixo, a margem branca que começa entre os seios e vai descendo, descobrindo, mostrando a perna dobrada e mais além o calcanhar dele, que nesse momento se retesa para fortalecer os joelhos fincados puxando para cima o lençol que ela, inutilmente, tenta escorar no sentido contrário. A música pára e a pulsação dos relógios volta a encher o quarto, entre estalos molhados de beijos e mergulhos.

Mergulhos e retornos ao olho coberto de algas de Picasso, ali em cima, quando o homem se vira para procurar as bruxinhas e elas não estão mais no globo da lâmpada. As roupas na cadeira permanecem estáticas, os relógios, o cinzeiro cheio de pontas quebrando a linha da mesa e fazendo um contorno escuro sobre a cortina da janela. Um instante que ela anula com o perfil e logo redescobre, deitando-se de costas para o homem, longe, para muito tempo. Ele sai pisando de leve. Separa os pingentes da cortina e a franja recomeça a viagem de volta, devolvendo a poeira para os cantos. A luz que vem da rua é cinzenta e o poste está escondido no opaco úmido da vidraça, embora ele consiga ver alguns pedaços do muro e das plantas lá fora nos riscos rápidos que ficam das estreitas lágrimas cortantes.

Um relatório de viagem

Poltrona 3: homem baixo, vindo de cidade do interior, trinta anos. Cabelo cortado rente à nuca, mas espesso, fazendo um balãozinho ao encontrar-se com o pescoço. Alguns fios do topete caem sobre a mão com que apóia o queixo enquanto dorme. O sapato do pé direito está desamarrado, o cadarço encosta-se no chão. No ombro esquerdo, um pouco escorridas pelas costas, manchas de graxa bastante raspadas, quase puindo o pano da camisa xadrez.

Poltrona 4: homem magro, chapéu de palha fazendo vinco na testa, os olhos soltos no vidro fosco que o separa do motorista. Dentro de pouco tempo poderá estar dormindo ou acordado, ou talvez já esteja mesmo dormindo, apesar dos olhos abertos. Uns olhos que não olham para lugar nenhum.

Poltrona 2: rapaz de farda, cabeça recostada e boca aberta. O quepe cai sobre o rosto. Está dormindo há uns dez minutos e só quando houver uma parada para o café, daqui a uns cinqüenta e cinco quilômetros, é que vai acordar. Aspecto cansado de quem marchou muito no dia anterior, prestou vigilância forçada. Agora está numa cama confortável. O coturno se estende pelo corredor do ônibus e a calça está bem passada, lustrosa nas dobras.

Poltrona 1: rapaz magro, cabelos curtos e vermelhos. Olhos afundados custando a enxergar sob as sobrancelhas, medindo na distância da janela quanto poderiam estar valendo agora essas terras, o campo bom de criar gado. Está correndo um mundo, planos. Respira lentamente e não quer conversa com ninguém. Mas também não guarda raiva. Olha longe apenas, cada vez mais.

Poltrona 7: mulher negra, lenço amarrado na cabeça, bolsa agarrada entre os dedos. Segura a testa como se tivesse alguma dor e pensa idéias possivelmente desencontradas. Os dedos firmes na alça da bolsa e o ar de medo. Estes primeiros quarenta minutos estão sendo uma viagem muito demorada.

Poltrona 8: menina negra, em pé. A mãozinha direita, fina, quase toca o chapéu de palha do passageiro da frente. A esquerda, suja de melado de doce, lambuza o couro do encosto. Olha pela janela e depois para trás, querendo explicação. Calada, como cachorrinha. A blusa é cinzenta e a barra do vestido, amassada, mostra manchas de sujeira um pouco acima do joelho. Olhos amarelos e nariz brilhando.

Poltrona 6: homem velho, cigarro amassado entre três dedos. A fumaça sobe amarelando e as unhas são curvas e grandes. O pescoço desaba ondulado até o colarinho e segue o balanço do corpo. Os olhos olham uma piedade mole e indefinida. O caminho, tantas vezes repassado, já não o interessa muito. Limpa a cinza do cigarro com a ponta do dedo médio. Não há possibilidade de queimá-lo.

Poltrona 5: rapaz, vinte e poucos anos, forte, bem vestido. O corpo meio caído para fora da poltrona, se distanciando do velho. Segura no colo um embrulho verde com fita branca e envelope, e outro, de papel de pão, que ele tem vergonha de desembrulhar. Se pudesse, já o teria jogado fora.

Poltronas 11 e 12: dois rapazes, amigos, falando sem parar há muito tempo. Um acha o Flamengo melhor porque tem mais ataque. Outro acha que isso é bobagem, no fim quem vence é o Botafogo. Mas o que interessa mesmo, depois dos primeiros cinqüenta quilômetros, é a carta que este recebeu há dois dias da namorada. Começa a falar dela e o amigo olha para a janela, chateado, dizendo que aquilo não queria dizer nada e sonhando com uma carta também. Fumam cigarros de filtro e jogam a cinza no cinzeiro de ferro da poltrona da frente.

Poltrona 10: rapaz moreno, vinte e poucos anos, segurando sem força a mão da namorada e contendo a respiração para não assustá-la. Com a mão esquerda leva o cigarro intermitentemente até o cinzeiro metálico, sem mexer o corpo, apenas com um esboço de careta. Mantém-se sério quase todo o percurso, preocupado com os rapazes ao lado que discutem futebol e que, a qualquer momento, podem dizer um palavrão. Sempre que olha para eles seu rosto endurece, mas, voltando-se para a moça, forma um suave sorriso de dono. Então passa de leve os dedos sobre a cabeça dela e vai procurar no teto um vôo um pouco além.

Poltrona 9: moça magrinha, dezenove anos, blusa leve e azul, de malha. Cabelos de mechas alouradas, sorriso contido no canto dos olhos. A cabeça pendida para a poltrona 10 toca de leve o ombro do companheiro e faz o lado esquerdo dos cabelos cobrir, em parte, o rosto, mas deixa desprotegida a pequena pedra vermelha do brinco. A mão esquerda fica encolhida junto ao corpo. A direita sai miúda da borda da blusa e quase desaparece dentro da mão do namorado. De vez em quando ela ergue o rosto, olha para ele preguiçosamente. Depois o afofa como um gato que vai dormir e desce com o corpo todo, amoldando-se a ele feito espuma.

Poltrona 15: homem preto, barba de uma semana, fedendo a cachaça. Fica o tempo todo olhando para fora, como se desculpando, e abre um espaço maior que dá para ver até o chapéu de palha lá na frente. A janela está escancarada e o vento o denuncia por todo o ônibus.

Poltrona 16: mulher de quarenta e tantos anos, olhos franzidos e aspecto de nojo. Mal suporta o cheiro do passageiro ao lado e reforça a certeza de que as companhias de ônibus estão cada vez mais indecentes. Quer ir para a poltrona vazia lá atrás, mas receia não sabe o quê e procura manter o controle. Uma pequena barriga na calça branca, de pano forte. Sacola cheia de embrulhos e anel flutuando na bambeira do dedo.

Poltrona 14: rapaz gordo, quinze a dezesseis anos, blusão azul-escuro aberto. O rosto um pouco vermelho, como se acordasse nesse instante. Apóia-se nos cotovelos para ver lá fora, fazendo nos olhos uma expressão grave. Aperta o botão e reclina a poltrona. Tudo bem. Suspira fundo e tateia um cigarro no bolso da camisa.

Poltrona 13: homem moreno, mais de trinta anos, tipo nortista, camisa desbotada de estilo antigo. Bate na perna o jornal relido várias vezes. Depois o desdobra e procura nas páginas do meio, abrindo bem os braços. Pára na parte de futebol. Afrouxa a barriga e fica por alguns minutos revendo o instante em que a bola entrou.

Poltronas 19 e 20: casal de meia-idade. De vez em quando o marido fala e ela abana a cabeça, para sim e para não. Tanto faz. Vão descansados, com a certeza de que essa viagem vai demorar muitos anos. Ela se levanta e pega o pacotinho de biscoitos que pode cair lá de cima com uma curva mais brusca. O marido confere a passagem na carteira e não olha para o retrato dela, uns vinte anos atrás, de tranças.

Poltrona 18: homem de cinqüenta anos, aparência de alemão, ar de descrença e gravata-borboleta. A valise marrom sobre suas pernas não é de couro comum e, pelo jeito como a segura, deve conter documentos importantes. O paletó é pesado e escuro, tipo europeu. Cada vez que dá uma tragada no cigarro (piteira dourada), tem-se a impressão de que vai xingar. Mas apenas tosse e fala ao companheiro vizinho numa voz sempre interrogativa e delicada, como voz de criança.

Poltrona 17: acompanhante do estrangeiro. Homem de gestos finos, quase totalmente calvo. Apenas nos flancos da cabeça uns fios descem colados sobre as orelhas, untados, pingando cuidado com a aparência. Usa óculos verdes, de armação metálica, e suas pestanas estão sempre dançando nos desníveis das lentes. Fala baixo, curto, as unhas polidas e limpas, respondendo a tudo. Uma hora cria coragem e cutuca o braço do alemão, chamando para ver lá fora qualquer coisa. Seus olhos brilham pela primeira vez e o homem o acompanha, interessado. Dão sorrisos nervosos e calam-se. Espreme as mãos, faz uma carícia sobre o relógio e tenta desesperadamente achar outra coisa pela janela, na paisagem escurecendo.

Poltronas 23, 24 e 22: irmãs de caridade. Alguns livrinhos e comentários trocados, evangelhos e o regulamento da reunião no convento. Lembram-se da conversa com o bispo, detalhes importantes e decisões a tomar imediatamente. A da poltrona 22 está pensando num hábito mais confortável, sem ser desrespeitoso, para viagens assim.

Poltrona 21: empregadinha magra, atemorizada pela presença forte das freiras. Puxa constantemente o vestido para baixo, de pano vermelho e pobre, e morre de medo quando olha para os homens de frente, que estão falando coisas difíceis. A distância para ela é grande, todos esses trezentos quilômetros passados, e está doida para chegar em casa logo e contar tudo como foi.

Poltrona 17: rapaz negro, bem vestido, terno cinza. Não toma conhecimento do que acontece dentro do ônibus. Está lendo um livro de capa verde e, por duas ou três vezes, parou para reler a dedicatória. Nessas horas, sorri com sossego. Depois volta à página marcada e presta muita atenção.

Poltrona 28: vazia. O ônibus esperou uns dez minutos mas o passageiro não apareceu.

Poltrona 26: mulher de trinta e sete anos, cabelos pintados. De vez em quando segura a perna do filho e diz a ele para ficar quieto. Unhas compridas e pintadas. Usa blusa vermelha, calça lee e lenço estampado na cabeça. Rosto sem pintura e mãos magras. Manda o menino sentar-se direito e desembrulha o tabletinho de chocolate. Dá nele uma bicada macia e educada. Os olhos são frios, mas ela pode ser até bonita.

Poltrona 25: menino louro, calça curta e perna fina, sentado sobre o pé direito. Uns três anos, mais ou menos. A boca entreaberta, passa com a palma da mão as páginas de uma revista colorida. Quando vai esticar a perna, ela está dormente. Leva susto e começa a chorar gritado. Todos olham para trás e ele se afunda na poltrona, enfia o rosto no colo da mãe.

Poltrona 31: rapaz baixo, cabelos duros como de negro e olhos azuis. No elástico do encosto da frente, uma revista de esportes. Dentro dela um pequeno poema rabiscado, um acróstico feito com as letras J-O-A-N-A. No pulso direito, uma gominha de borracha. Fuma cigarros sem filtro, até quase queimar os dedos, de unhas roídas.

Poltrona 32: rapaz magro, de cabelos compridos e jeito feminino. Guarda um silêncio difícil e suspira ao sentir que o ônibus está diminuindo a marcha, parece que vai parar outra vez. Olha para o rapaz ao lado, mas não cria coragem. Tem um ar de sonho e de muito cansaço, como se guardasse um outro acróstico, num segredo muito maior.

Poltrona 30: rapaz magro, de aparência doentia, encolhido para fora da poltrona porque o vizinho ocupa todo o braço do encosto. No início da viagem tentou ficar direito, mas acabou afundado no canto. Olha com tristeza as freiras conversando lá na frente e pensa como seria bom viajar com um amigo.

Poltrona 29: homem de trinta, trinta e cinco anos, bigode fino. Leu jornal, dormiu um pouco, tomou notas numa caderneta. Olhou com frieza o passageiro vizinho e tomou conta do braço da poltrona. Em toda estação que o ônibus pára, ele entra no bar e fica quieto num canto. Espera que todos voltem para o carro. Então pede cachaça, bebe de um gole e vem acendendo o cigarro.

Poltrona 34: homem de tipo comum, provavelmente um comerciante. Levanta também o corpo e sente que o ônibus está parando. Vira-se interessado para o vizinho e pergunta quantas horas, assustado, com esperança de já estarem chegando. Está de gravata preta e camisa desbotada, o colarinho um pouco dobrado nas pontas.

Poltrona 33: homem mulato, de idade indefinível. Olha o relógio e informa que falta uma hora e meia ainda para chegarem. Abre a cortina com a ponta dos dedos. O motorista está descendo para fazer o relatório de rotina no posto de fiscalização. Imagina que ele vai escrever que a viagem é normal, tudo tranqüilo até aqui. Imagina isso e volta a recostar a cabeça. Algumas estrelas lá fora. Só uma hora e meia a mais.

Alguns roteiros para a classe média

Você:

1. acorda dentro da cidade e procura entender
2. desce de um ônibus ao avistar as primeiras casas
3. sente, vindo da rua, o vento cortando seus olhos quase fechados
4. pára, ajeita a gravata, olha para cima e se agradece por estar tão animado
5. senta-se no banco de pedra e se irrita porque o vento está dobrando o seu jornal
6. rola na cama e deixa o braço esbarrar em outro corpo

*

1. não entende e segura a cabeça com as duas mãos
2. estica as pernas, enfia a camisa para dentro das calças e torce a cara quando a alça da mala começa a ferir seus dedos

3. acha que já é hora de parar, mas não vê motivo algum

4. estica o braço, o táxi vem, reduz a marcha, pára, o chofer se inclina para destrancar a porta

5. tenta fixar os olhos numa tragédia comum, em duas colunas

6. chega mais perto, encosta o rosto e tem pena de acordá-la, e ela se mexe e respira diferente

*

1. olha para o criado-mudo, ainda tem dois cigarros no maço, um papel dobrado e um retratinho

2. começa a descer a estrada, sobe na calçada com passos de bêbado e procura achar no reflexo do vidro de um carro as marcas do sono

3. não vê motivo, entra num bar, pede conhaque, cerveja, debruça no balcão e cumprimenta um companheiro escornado na mesa

4. diz ao chofer para parar atrás daquele Corcel azul

5. balança a cabeça, chupa os dentes e olha as pernas da crioula cheia de embrulhos passando, enquanto abre, desdobra e volta a dobrar as páginas

6. nota que no braço dela tem uma mancha escura

*

1. relaciona três vozes diferentes, três rostos diferentes, um sorriso, uma frase e um grito
2. revê o número 127, põe a mala no chão e busca a chave no bolso
3. prende a respiração para o conhaque não voltar e fica com os olhos cheios de lágrimas
4. diz ao chofer para ficar com o troco, faz uma continência para o porteiro e corre para pegar o elevador que o ascensorista está segurando, bufa, agradece e sorri para as pessoas que, ali paradas, o encaram semelhantemente
5. fica sabendo que o BNH recebeu uma verba para a construção de cinqüenta novos conjuntos
6. passa a perna sobre o corpo dela, ela se vira e mostra o pescoço onde se pode mergulhar sem resistência

*

1. sente o começo de pânico e se sobressalta
2. fecha a porta com cuidado e se demora reparando a sala, fazendo expectativa para entrar no quarto
3. diz um palavrão que ninguém ouve e apóia-se sobre os cotovelos
4. sente a respiração das pessoas em torno, um cheiro de lavanda mesclado com fumo
5. fica sabendo que os conjuntos residenciais vão resolver outro problema angustiante

6. ouve um resmungo dela e tenta abrir e suspender suas pernas

*

1. ouve agora com nitidez as vozes escolhidas, e seleciona a mais suave, as mãos pequenas fechadas entre as suas

2. abre a porta do quarto e acha que a mulher, de borco, parece mais um monte de travesseiros

3. sente a nata de bebida talhada pegando no balcão, grudando os cabelinhos do braço, e o esfrega no dorso úmido da garrafa

4. a porta se abre, ele passa entre licenças e pisa, com autoridade, o tapete fofo que se alarga por vários metros quadrados

5. do povo, e que o governo demonstra, mais uma vez, que não está poupando esforços

6. e, apesar da flacidez dela, consegue penetrar um pouco

*

1. se lembra do pequeno anel vermelho dentro de suas mãos, o brilho molhado dentro dos olhos e uma promessa frouxa

2. senta-se na cama e pensa se não seria melhor abrir a mala mais tarde, e tomar um banho primeiro

3. carrega a garrafa para a mesa do canto, senta-se e estica a perna sobre a cadeira da frente

4. olha com dez por cento de ternura para a blusa nova da recepcionista, mas guarda o resto num cumprimento seco

5. para dar aos menos favorecidos maiores condições, e que no futuro

6. mais um pouco, firma os braços sob o corpo dela e começa

*

1. a promessa de que mais tarde, quando saísse do banco, ela estaria esperando-o no ponto do ônibus

2. abre o chuveiro e confere o vermelho dos olhos no espelho enquanto espera a água esquentar

3. vê que o sapato do pé direito está bastante arranhado na ponta, esticado sobre a cadeira da frente e cobrindo parcialmente as frases de um anúncio de iogurte

4. pergunta se o chefe dela já chegou, ela diz que está para chegar, que é para esperar um pouco naquela poltrona ali

5. num futuro bem próximo, novas condições de habitação abrirão perspectivas para o povo

6. a mover-se dentro da experimentada cadência, para baixo e para cima, para trás e para a frente

*

1. e vai pensar que daqui a vinte minutos, no máximo, deverá estar conferindo os maços de notas no caixa

2. vai se irritar porque a água está apenas morna, e os cantos do banheiro estão pretos de sujeira

3. e que nada disso interessa agora, e vai se apoiar sobre o braço esquerdo, o cotovelo escorregando sobre a mesa

4. vai caminhar obediente até a poltrona, sentar-se de jeito a não amarrotar o paletó, e olhar para frente

5. então, vai olhar para a fotografia dos conjuntos e pensar que aquilo faz lembrar os galpões do internato que havia lá no interior, perto da casa da sobrinha

6. e pensar que ela está acordando, que ela está correspondendo porque ouviu um sussurro e porque o corpo dela também se move

*

1. onde, como sempre, vai molhar de tempos em tempos a ponta do dedão na esponja colocada à direita, enquanto deposita os maços conferidos dentro de suas respectivas repartições

2. e que o balaio de roupa suja está aberto, e uma calcinha de sua mulher, presa pela renda na palha do balaio, está mostrando uma estria escura e conhecida

3. escorregando para despertá-lo um segundo depois de derrubar a garrafa, quebrar a garrafa e tentar se ajeitar

desajeitado no momento em que o dono do bar levanta a cabeça das contas que estava conferindo para olhá-lo com intolerância

4. vai passar os dedos sobre a pasta, hesitar em abri-la e ficar segurando seu fecho automático

5. e por isso vai imaginar que se ela, sua sobrinha, ainda estivesse viva, hoje seria uma senhora até bonita

6. e vai tentar acreditar que aquela sensação não foi, absolutamente, provocada por seu próprio movimento sobre a cama

*

1. e pressente, pelo costume, que as primeiras pessoas esperando na fila, com os talões de cheques nas mãos, estão olhando-o impacientes

2. mas mesmo assim, porque está chegando agora, vai se limitar a pegá-la com as pontas dos dedos e jogá-la para dentro do balaio, fechá-lo em seguida e prender a respiração para agüentar a água quase fria do chuveiro

3. os cacos no chão, como que explicando os últimos acontecimentos, a realidade aparecendo limpa

4. tentando enumerar na memória os principais itens e como deveria comportar-se quando o diretor, colocando os óculos e distanciando os papéis para ler, se concentrasse neles

5. e, enquanto procura formar na imaginação como seria uma senhora bonita, dobra o jornal e recosta-se no banco

6. quando o que sente mesmo é um contato morno e mole, um bafo de sono assoviado por entre os dentes quase cerrados

*

1. uma irritação que se tornará susto a todo instante em que, olhando de relance através do vidro do caixa, pensar que ela, contrariando o que havia prometido, estava passando por ali na porta, estava vendo como você trabalha

2. que começa a escorrer para dentro dos olhos junto com o sabão de coco e uma lembrança, não sabe por que, de um homem se despedindo na plataforma de uma mulher magrinha e feia, mas com um carinho absurdo e bonito

3. limpa feito o ar que você pensa que os outros respiram, menos você

4. mas que pára de enumerar tão logo ouve a porta do elevador abrir-se novamente e o diretor sair, deixando dentro uma gargalhada de despedida

5. joga o jornal de lado, tira do bolso um pedaço de palha e o fumo de rolo, que começa a picar com miúdas e delicadas facadas

6. um cheiro ruim que você tenta evitar virando o rosto de lado e cavalgando a mulher com muita pressa, querendo acabar logo, sair correndo

*

1. como você contava o dinheiro com tanta rapidez, sem errar nunca, mas também sem deixar ninguém admirado com tanta perícia, o dedão levemente escurecido e a abotoadura pendente da manga da camisa

2. esta cena que você lava com violência, esfrega a cabeça, apóia-se no azulejo à sua frente e encosta a testa nele, um filete de espuma sumindo entre os dedos do pé

3. mas que no instante seguinte não importa mais, já nem quer pensar, a não ser numa porção de rostos opacos que ameaçam se fundir na memória, perto da escuridão

4. enquanto se vira com a boca ainda aberta, os olhos por sobre os óculos, da recepcionista ao cliente, vem caminhando, passa direto e ela se levanta e pede para esperar mais um instantinho

5. depositando o fumo pronto na concha da mão esquerda, pequenas pitadas, coisas sabidas, as unhas amarelas, os olhos pesando

6. correndo e saindo de dentro dela que resmunga, resfolega, até que o mergulho termine na súbita reali-

dade e um escorregão, um tombo para o lado, como se morresse

*

1. que, durante os movimentos de contar dinheiro, repete o movimento pendular do relojão na parede do lado de lá, que vai marcar daqui a pouco oito horas, depois dez, onze, a tarde inteira
2. sumindo do corpo todo, até que torce a torneira em sentido contrário e sai tateando atrás da toalha verde-clara, com suas iniciais bordadas
3. escuridão que agora começa a ocupar seus olhos, num grande preto semovente, bambo
4. ela entra atrás do diretor e você fica reparando a porta se fechar sozinha, amaciada pela mola, um silêncio, a porta parece que vai se abrir novamente
5. um sono que você sacode para limpar na manga do paletó o nariz escorrendo, a coriza, aquele sereno de uns tempos para cá
6. emergindo de seu corpo como de um barro quente, visgo, vendo no chão, jogada, a meia de náilon com uma listra vermelha que, de espaço a espaço, forma uma florzinha

*

1. nove, doze, duas horas da tarde um colega se aproxima, pergunta se você está com bom estoque de notas de cem, você diz que não muito, que tente com o da caixa 3

2. passa a toalha sobre o rosto maldormido e sente suas farpas, sua lixa

3. bambo, lento, a espuma começa a se endurecer na borda do copo, algumas moscas

4. abre, a moça pára na porta e diz que já pode entrar

5. as mesmas ruas, você esfrega também os olhos com a mão que segura o canivete enquanto mantém no ar a concha com fumo

6. um desenho que fica nítido, volta à forma, no instante em que, sentado na cama, você estica a mão para pegá-la

*

1. e se reconforta ao pensar que ele, o colega da caixa 3, possivelmente não terá ninguém para esperá-lo ao sair do banco, às seis horas da tarde

2. e resolve enrolá-la em torno do dorso, um nó na cintura, pois talvez fosse melhor deitar-se nu e se enxugar dentro dos lençóis, bem enrolado, embolando-se

3. gordas rondando seu ouvido, ameaçando pousar, chegando perto o bastante para que você dê um tapa no ar e erre, a mosca dar uma reviravolta um pouco acima e voltar logo depois, rondando seu ouvido

4. e então você se levanta e vai com passos corretos até a porta, o homem está lá sentado, você entra na sala e fica de pé atrás da cadeira

5. mantém a mão no ar e se paralisa meio curvado para a frente, vendo de um golpe as várias espécies de gente que todo santo dia passa por ali

6. segura a meia e começa a dobrá-la com capricho, estica-a bem e de repente chicoteia com ela o ar, a poeira bóia um instante na luz que vem da janela

*

1. às seis horas da tarde quando, depois de colocar a plaquinha em frente ao guichê avisando que não atenderá mais ninguém

2. ou então se esticar, deixar a moleza entrar por seu corpo e se apagar suavemente

3. fazendo um som circular que mexe o marasmo, que faz o silêncio e a escuridão se moverem, o ponto central do mundo andar em torno da sua cabeça

4. enquanto espera que o homem levante os olhos dos papéis timbrados que está examinando e lhe peça para sentar-se

5. soldados, empregadas, mulheres, velhos, meninos correndo de merendeira e uniforme de colégio, as várias etapas da mesma vida

6. e, por isso, se desperta daquela solenidade e trata de vestir-se rapidamente, não sem ter o cuidado de con-

ferir se o dinheiro ainda está na carteira, no bolso traseiro da calça de brim

*

1. e despachar o último cliente, agora com amabilidade, caminhar até o banheiro onde, com o pente de chifre de boi, vai passar um pouco, um pouquinho só de água nos cabelos

2. mas se irrita novamente ao voltar ao quarto e ver que a mulher rolou na cama, esticou o braço e está ocupando, atravessadamente, a maior parte da cama

3. um giro cada vez mais rápido, zumbindo, que você tenta impedir sem conseguir abrir os olhos, mas concentrando-se no único ponto possível, o centro de tudo

4. o homem levanta os olhos dos papéis timbrados e lhe diz para sentar-se, pergunta se você aceita um drinque

5. aquela mesma vida que você arrastou durante tantos anos e que agora começa a desfilar, como todo santo dia, à sua frente

6. depois senta-se em frente à penteadeira dela, arruma os cabelos com os dedos e se volta para olhá-la

*

1. para depois passar o pente, os dedos da outra mão dedilhando os fios arrumados, e depois de dar um passo atrás, conferir como ficou, e depois abaixar as mangas da camisa, fixar as abotoaduras, vestir o paletó

2. uma irritação que parece virar ternura na hora em que você se aproxima para empurrá-la para o canto e vê seu braço nu parecendo macio, bom, até chegar bem perto dela

3. correndo em sua direção feito um pavio, feito se fosse explodir

4. responde que sim, conhaque está muito bom, o homem lhe passa um pequeno copo de cristal que você segura com a mão suada, serve três dedos e vira de uma vez

5. e que, não sabe por que, parece estar bem clara nesse instante, e você acha que agora vai poder entendê-la

6. para olhá-la no instante em que ela dá mais um resmungo e se contorce entre os lençóis

*

1. e então pára, ajeita a gravata, olha para o espelho mais uma vez e se agradece por estar tão animado

2. e sentir apenas um contato morno e mole, um bafo de sono assoviado por entre os dentes quase cerrados

3. até que, num arranco, você acorda dentro da cidade e procura entender

4. e prende a respiração para o conhaque não voltar e fica com os olhos cheios de lágrimas

5. mas não entende, e segura a cabeça com as duas mãos

6. e você pensa que a mulher, assim de borco, parece mais um monte de travesseiros

Sonata

O quadro no cavalete ao lado do conferencista mostra uma análise típica de bauxita calcinada:

Umidade....................................0,30%
Perda de fogo...........................1,50%
SiO_2..4,50%
TiO_2..1,35%
Fe_2O_3..13,00%
CaO...0,08%
MgO..0,04%
ZrO_2.. 0,20%
Al_2O_3...................................... 79,03%

O conferencista está falando para uma platéia de cento e dezessete pessoas, no auditório da Associação Comercial da cidade, numa sala com ar-refrigerado e cabine para tradutores:

“Utilizamos outros produtos, como as moinhas de carvão, que funcionam como redutor, eletrodos de grafite e ainda quartzo, ilmenita, magnesita, zirconita, que são adicionados à carga com a finalidade de corrigir os teores, para se conseguir a composição química desejada. São ainda adicionados à carga cavacos de ferro, com o objetivo de conseguir um ferro-silício magnético, conforme veremos adiante."

O conferencista, o lenço delicado dobrado dentro da mão direita, vez por outra passa-o sobre o rosto, aproveitando-se das pausas que ocorrem mais freqüentemente com o passar da exposição, momentos em que aproveita para examinar as pessoas que estão na platéia. Estão quase todos vestidos como ele, com ternos brilhantes, óculos, o hábito quase geral de apoiar o queixo na palma da mão esquerda. Ele continua:

"O bloco solidificado não apresenta apenas as duas fases distintas, que são o óxido de alumínio e o ferrosilício. Outras fases intermediárias são notadas, conforme se encontra esquematizado na figura 1, que passamos a descrever."

Olha para trás, pede a um funcionário da Associação para substituir o quadro do cavalete e prossegue apontando com a varinha ao longo da figura, só se interrompendo para ajeitar o microfone sobre o colarinho, incomodado de que as pessoas pudessem perder parte da palestra.

"A rampa tem como finalidade vedar a conexão da capa com a base e formar a bacia para receber o ferrosilício. Esta rampa, de uma massa de moinha de coque e alcatrão de hulha, é reconstruída a cada fornada." (Passa a varinha sobre a bacia, onde entraria o ferro-silício, relaciona mentalmente as palavras moinha, coque, fornada, e olha de banda para sua platéia, com um brilho pontudo sob os cílios.)

O conferencista é um homem de cinqüenta e cinco anos, com rolos de cabelos grisalhos cobrindo a nuca, óculos de lentes grossas. Tem o hábito de falar de cabeça baixa. Falar só o necessário, e tomar cuidado com os esquecimentos que há algum tempo vêm acidentando suas conferências. Ele espera, no entanto, que as pessoas que o ouvem estejam interessadas no assunto e possam acreditar que as pausas do discurso sejam mais uma questão de minúcia de sua parte do que falhas de velhice. Mas ele ainda não está velho. Deve ter gente de quase setenta anos ali ouvindo.

"O bloco assim constituído, que foi fundido durante aproximadamente 35 horas e resfriado durante 60 horas e pesa cerca de 16 toneladas, é quebrado com o auxílio de uma pêra de aço e marroado para que sejam separados os seus diversos componentes. Vocês sabem, isso tudo exige apenas aplicação e um pouco de sensibilidade, respeito às leis da física. Harmonia, ciência, um requinte de quem está compondo uma sonata." (E nesse momento ele pode notar, pela primeira vez, uma efetiva mudança de posição das pessoas, como o ouvinte da segunda fileira que franze o rosto como um cachorro que levanta as orelhas para prestar atenção.)

“É isso mesmo, meus senhores: é isso. Quem me ouve dizer que conseguir a eletrofusão do óxido de alumínio deve ser uma tarefa semelhante à de quem faz uma obra de arte pode rir. Mas é verdade. Durante o processo, o técnico precisa entender que aquilo é uma transformação da própria natureza, que sobre esses materiais aconteceram, em épocas remotas, atividades aparentemente dissociadas de um frio processo químico de mutações ou readaptações, como gerações de formigas sepultadas entre o minério, plantas mortas, restos de esperma, vento, frio, calor, chuva. É preciso entender que o mundo inteiro pode ter passado em cima do que hoje chamamos moinhos de cilindros ou britadores de mandíbula. Seria muito difícil, por exemplo, imaginar que dentro dessa máquina tão feia possa estar correndo sangue?”

“Bom. Temos então agora o óxido de alumínio AT e AR em pedaços de aproximadamente 50 centímetros, que contêm ainda algumas pequenas partículas de ferro-silício que não foram completamente decantadas. Passa então o material por britadores de mandíbulas e moinhos de cilindros, ficando então no formato de grãos que variam de 4 mm até mais finos que 10 micra.”

“Quando destinado ao uso de abrasivos, esse material passa ainda por moletadores, visando o arredondamento dos grãos. As arestas vão sendo depositadas no fundo de uma peneira, e ficam como se fossem pedaços de serpentinas prateadas, enroscadas, de matizes muito bonitos. Corta muito os dedos — é preciso usar luvas —, mas quando caem no recipiente de triagem, junto com grãos, é como música." (Dá um peteleco na borda do copo de água mineral à sua frente, querendo fazer um som semelhante ao dos grãos.)

"As partículas retiradas pelo separador eletromagnético arrastam consigo grãos de óxido de alumínio, pois a maioria delas está incrustada em grão."

Aqui, o conferencista faz uma pausa mais demorada. Passa o lenço sobre a testa, debruça-se sobre os braços cruzados e fica quieto até que um dos assistentes se levanta e o chama:

— Professor, eu gostaria de saber se o material, na dosagem de Fe_2O_3, poderá alcançar um teor de 20%. Eu queria...

— Queria, não é? Quem foi que falou em Fe_2O_3?

— Ora, estava na análise de bauxita a 13%. Eu queria saber se, depois do tratamento, seu teor poderia elevar-se.

O conferencista fica olhando o interlocutor, o queixo ainda apoiado sobre os braços, e os olhos surgindo sob o topete grisalho.

— Escuta aqui, seu bosta. Eu não falei nada disso. Eu estava falando sobre sons, será que vocês não conseguem entender isso? É só ferro que tem nessas cabeças? Escuta aqui: eu mexo com essa merda há mais de trinta anos, eu entendo de tudo quanto é espécie de óxido e já estou com o saco cheio disso, estão entendendo?

O interlocutor vai sentando-se lentamente, na medida em que as outras pessoas começam a inclinar o corpo para frente, mantendo imóveis apenas o rosto e os braços. O conferencista tira os óculos e fica segurando a ponta do aro.

"Som, meus queridos, é coisa que a gente pode ouvir em qualquer lugar. Faz parte da natureza. Vocês estão pensando naquelas bolinhas de ferro cheias de magnetismo, mas não querem vê-las caindo numa faixa de luz, brilhando, fugindo. Vocês acham que estrela só pode ser vista à noite, ou quando se leva uma porrada na cara, não é? Pois não é não. Vocês querem saber onde eu estou sentindo sons? Prestem atenção: grafite, refratário, quartzo, trifásico, cilindro, grânulos, formato, teor, amostragem, silício. Será que vocês não vêem que temos aí uma mutação, ou melhor, uma transfiguração muito mais importante?"

O conferencista, apoiado nas duas mãos sobre a mesa, está encarando as pessoas da platéia que, a essa altura, ocupam quase a metade da lotação do auditório. Nota algum movimento lá fora, algumas pessoas que estavam pelos corredores da Associação Comercial e que foram atraídas, possivelmente, por seus gritos. As que o ouviam desde o começo permanecem atentas, mas as que entraram depois sentam-se nos lugares mais afastados, e o conferencista consegue perceber seus rostos descontraídos, uns pequenos sorrisos. Volta a sentar-se, passa o lenço na testa e se sente mais calmo. Seu interlocutor está ali sentado. E está sorrindo também, levemente. E continua:

"Além do óxido de alumínio branco, esta usina deverá produzir mulita, material de grande interesse na indústria de refratários, além de outros materiais para uso específico de refratários." (Olha para a janela ao lado, o rosto abatido.) "É, refratários."

A pausa fica recortada por murmúrios e algumas risadas, e isso faz com que ele desvie os olhos da janela e encrespe os dedos sobre a varinha de conferencista. Segue falando pausadamente, com as frases passando por entre os dentes, feito lâminas:

"Essas matérias, a transmutação, o aço escorrendo nos caldeirões. Progresso, dirão vocês. Vocês. O aço pode ter outro aspecto, o alumínio, a composição, a vida. Mas não há nada de novo, Lavoisier falou isso há tanto tempo, não há nada de novo. Nem na natureza nem nas cabeças de vocês. Merda nenhuma. Refratários. As coisas acontecem sozinhas, essa é que é a verdade. A gente inventa um pouco, mas as coisas acontecem sozinhas, vocês entendem?"

O conferencista está falando agora calmamente. A platéia se mantém calada, prestando atenção, muita gente já fechou os cadernos de anotações.

"As forças sempre existiram, fluindo ou não. A terra, a bomba, os cristais. A terra explode, as entranhas de vocês estão explodindo o tempo todo, e não há nada de repulsivo nisso tudo. Vocês roncam, peidam e morrem de vergonha disso, mas vocês não entendem que as coisas precisam ser assim. O ferro mata, protege, brilha. Vocês não querem, mas as coisas não podem ser detidas. O óxido de alumínio precisa ser fabricado porque as indústrias precisam dele, e todo mundo acha que, por isso, ele é um material muito importante. Deve ser, se as pessoas acham. Mas as pessoas acham o quê, além disso? Qual é a medida de importância, o valor que vocês podem equacionar? O que vocês entendem? O quê? Refratários. Refratários merda nenhuma! Mas podem ficar sossegados, os cálculos estão perfeitos. Vocês vão conseguir fazer a eletrofusão da porra desse óxido. É muito fácil."

As últimas palavras do conferencista saem gritadas, para superar a falação indignada que cresce na platéia. Depois ele se cala para entender o que os assistentes estão dizendo. O clima geral é de espanto, de agitação, e ele já pode ver algumas camisas coloridas entre os ternos escuros das pessoas se levantando e agitando os braços, aos berros, os punhos fechados, homens e mulheres de cinqüenta, sessenta anos passando por entre as fileiras e se dirigindo para o palco, subindo pela escada lateral que vai dar no palco entre aclamações confusas, o palco começando a se encher de gente gritando, muita gente, o palco cheio. As luzes sobre a cabeça do conferencista se acendem e se estilhaçam feito estrelas em seus olhos úmidos, fazendo a multidão boiar e bailar à sua frente, e ele se levanta, a varinha de conferência na mão direita. Ele entende o som crescendo descontrolado e começa a puxá-lo na ponta da batuta, segue a pauta no ar, regendo até chegar ao clímax da sonata no momento em que as pessoas à sua volta começam a preparar o bote sobre ele. E ele sorri, e acena para a platéia com seu lenço molhado de suor, e abaixa a cabeça agradecendo as flores que estão caindo sobre ele, balbuciando que ama a todos do fundo do seu coração.

O mergulhador

No começo é apenas um lago manso, estagnado. Depois é um mar, de poderosas ondas, no entanto dóceis ao contato da mão que acaricia sua superfície, indo e vindo, e, aos poucos, o rosto do afogado surge delineando-se. Feito um mergulhador que se livrasse da água, saltando em sentido contrário, para fora. De vez em quando ele recua e se senta para esperar, enquanto olha as fotos que estão secando e procura rever a seqüência fixada que, no filtro da luz vermelha, forma um pouco de pesadelo. De baixo para cima são vários riscos de lajes que vão se estreitando à medida que os olhos sobem, até ver, lá em cima, o homem que se agarra à janela, mas com metade do pé direito sobrando da marquise. Numa foto ampliada, ele imagina que poderia ver as mãos do homem, as unhas querendo se fincar no ladrilho da parede e mostrando já pedaços lascados ou mesmo algum sangue surgindo tímido nas cutículas. O rosto está voltado para baixo, mas, feito o pé, apenas uma parte pode ser vista sobrando da marquise.

Protegendo-se com os cotovelos da multidão que o empurra contra o cordão de isolamento, ele focaliza a máquina para cima e regula a teleobjetiva até ver nitidamente a metade do pé direito do homem sobrando da marquise do 16º andar. As pessoas todas que passam param para ver também, e ele ouve desde suspiros aflitos e reprovações até crianças correndo e chamando outras, na ansiedade de assistirem, pela primeira vez, a um acontecimento daquele ao vivo. Pressente — depois se volta, vê e confirma — dois homens que discretamente fecham uma aposta entre si, de uma dúzia de cervejas, se o homem lá de cima saltava ou não saltava. E alguns bombeiros tentando se aproximar do homem, presos por cordas de segurança, o que aumenta a aflição nas mulheres e nas crianças, cada qual vendo naqueles homens seus respectivos heróis. Foi a primeira foto.

A segunda foto saiu um pouco tremida em virtude dos empurrões da multidão, assim como a terceira, mas, na quarta, o rosto do homem apareceu inteiro, e seu rosto não mostrava os conhecidos traços do pavor, mas uma profunda indiferença. Ele estava olhando por cima dos outros edifícios, e não seria impossível, naquele instante, se passasse por ali um avião, que ele simplesmente acompanhasse seu vôo com os olhos, calmo, sem o deslumbramento de quando viu, da janela de seu quarto de menino, o primeiro jato voando rasante sobre a cidade. Mas, lá da rua, podia-se ver que para onde ele olhava não havia nenhum avião, mas algumas nuvens carregadas que jogavam em seu rosto o cheiro do mar ou coisas semelhantes que as brisas rarefeitas, em lugares altos e abertos, costumam trazer e as pessoas julgam sentir, ou realmente sentem. Ou um começo de intimidade com a amplidão.

Dentro do lago, o rosto do afogado está quase nítido, escarlate, como se a luz de um incêndio próximo insistisse em revelá-lo. A quinta foto mostra o homem sentado na marquise, dando a impressão de uma pessoa na beirada de uma piscina experimentando com o pé a temperatura da água. Muitos metros vazios embaixo dele, e lá no fundo, pessoas, muita gente, que a cada movimento do homem também se movimentam, prontas a fugir dali no momento certo. Mas o homem está experimentando o vazio com o pé e, cá embaixo, dá para perceber que ele se sente bastante à vontade para brincar com a multidão, e muitas pessoas percebem isto, e começam, pouco a pouco, a aparecer protestos entre os espectadores, alguns chamando o homem de vigarista, outros dizendo que ele não ia pular nada, outros que ele estava apenas bêbado e não sabiam o que estavam fazendo ali. Mas o homem poderia estar apenas ensaiando o bote, o salto perfeito exatamente no meio daquela gente, usando o corpo como uma bomba, e esse medo também podia ser notado. O rosto dele, revelado agora e secando nos grampos, mostrava uma expressão comum em filmes policiais, exatamente aquela que tem o assassino quando encurrala sua vítima e sorri um instante antes de matá-la.

Marca para daqui a cinco minutos a hora de tirar a foto do líquido revelador. Na parede do outro lado estão algumas fotografias premiadas: uma colisão tripla, na qual um Volkswagen ficou prensado entre um ônibus e um caminhão, tirada no momento em que o chofer do caminhão, assustado, olhava de cima o pequeno carro esmagado e começava a abrir a boca para gritar; uma criança, uma menina de uns três anos de idade sendo surpreendida por uma onda pequena e olhando para ela com curiosidade, apesar de procurar afastá-la com a mão que começa a se cobrir de água; uma cena puxada de movimento, onde aparece uma garota sendo agredida por um policial durante a briga que encerrou o campeonato universitário de basquete, no ano passado; um homem nu, no meio de uma avenida cheia de gente, parado à beira da calçada enquanto espera os carros passarem para poder atravessar a rua. E pensa que essas fotos já não o emocionam mais, que muitas outras coisas estão acontecendo e que a sensibilidade das pessoas está se transformando numa gosma talhada, opaca, endurecida de tantos acontecimentos e cansaços.

Daí a cinco minutos ele retira a fotografia e a prende pelas pontas nos grampos, enquanto espera o líquido escorrer das mãos do homem, do corpo do homem que já está livre da água e se projeta inteiro no ar, na direção das pessoas lá embaixo. O rosto do homem — ele pensa — tem qualquer coisa muito agressiva guardada, o bote que ele havia ensaiado desde que se sentira acuado e se lembrara, de repente, de sua própria força, e que esta força era bastante ainda para uma pequena e definitiva desforra. Ele pensa essas coisas vendo a expressão do rosto do homem, seus dentes cerrados, os olhos muito abertos, mas não concorda com ela ao se deter nas roupas do homem, as calças em pleno vôo desalinhadas, humildes, e imagina que, ao vesti-las pela manhã, talvez ele não estivesse certo do que faria mais tarde, e saíra de casa apenas para andar um pouco, como todos os dias. E se lembra de que, quando o vôo começou, as pessoas cá embaixo começaram a correr para abrir-lhe espaço, a gritar enquanto ele caía, os braços abertos e em silêncio se aproximando até o chão, batendo com o corpo inteiro no meio do círculo aberto pelo cordão de isolamento e repicando, e virando-se para cima, os olhos muito abertos na direção do 16º andar, como até então estavam as pessoas que esperavam o seu salto. E agora, quando ele já não podia fazer mais nada, agora as pessoas tinham medo dele, e tapavam o rosto para não ver seus olhos muito abertos dentro da cabeça flácida, mas sem ao menos deixar escapar sangue. Sangue, mesmo, só nos dedos, estrias vermelhas nas bordas das unhas das mãos pousadas no asfalto, parado, como o sangue todo de seu corpo que naquele momento começava a se estancar, para sempre. Na foto fica difícil distinguir, mas ali caído, no chão, podia-se ver um escapulário feito a mão pendente do pescoço dele.

Vocês ainda não viram nada

Olhem, prestem atenção: o trenzinho tinha acabado (mesmo que por um instante vacilasse, desse a impressão de que com mais um pouco descarrilaria — e essa impressão porque ele tinha falado: *nunca ninguém conseguiu tanta perfeição, ele vai funcionar como um trem de verdade, vai, vocês vão ver o que que é um trem de verdade.*) tinha acabado de vencer a primeira curva, a máquina fez que ia sair dos trilhos mas arrumou o corpo a tempo, reencorpou-se, firmou a luzinha que correu até a próxima curva e os vagões entraram do mesmo jeito, cumpridores, aquela máquina não tinha condições de falhar, nunca. *Prestem atenção, essa máquina não vai falhar nunca!* E meteu o calcanhar no chão, a cadeira se entornou e ele riu aberto. *Não falha! São dois anos de trabalho, mas ninguém no mundo pode fazer igual! Olhem, só este painel custou mais de três milhões, sem contar as taxas de importação, a montagem, essa coisa toda. Isso fora a mão-de-obra. Essa laje, por exemplo, eu tive de mandar construir porque os outros cômodos são muito pequenos, não dava para armar os trilhos.*

Levou uns quatro meses. Quatro meses, tá? Mas ninguém, que eu saiba, conseguiu fazer isso. E esticava a mão até o maço de cigarros, tirava um, tamborilava os dedos sossegado, acendia e esticava os pés, o trenzinho definitivamente correndo, dono dos trilhos, não descarrilaria nunca.

Era um grande sujeito, sabe? Um cara espetacular. Ele tinha nos chamado para ver o trenzinho, levou a gente até lá dentro e mostrou: devia ter pelo menos vinte metros de trilho, com dormentes e tudo, e sinalização como estrada de ferro mesmo. Era só ir chegando perto de uma curva que a sirene berrava, o farol batia numa placa fosforescente e o sinal aparecia: curva isso, curva aquilo. Ele tocava os botões do painel, da forma de pianista, entende?, com os olhos pregados só nos trilhos, tocava os botõezinhos e o trem dava um breque, colava as rodinhas, e outro botão, no meio da curva, uma acelerada forte, ele passava firme, encorpava-se, o resto dos vagões entrava direitinho atrás, como se estivesse o tempo todo numa reta. *Ninguém podia fazer isso!* E era outro chute no chão, uma gargalhada e logo mandava a gente calar a boca: *vocês ainda não viram nada!* Um grande sujeito. Nós ficávamos com as pernas apoiadas no assento do sofá, os pés meio dormentes e forçando a vista porque ele fazia questão de deixar as luzes apagadas para, como dizia, que toda a energia da casa fosse canalizada para a máquina e para os sinais aparecerem, as luzinhas, os faróis, como um trem andando na noite. Tinha montinhos feitos à margem dos trilhos, isso é *assa-*

peixe, isso é capim-gordura, tão vendo? E era mesmo. Nem olhava para ver se estávamos acreditando. O trem deixava fuligem nos matinhos, ele via isso no momento em que deixamos de levar o negócio na brincadeira. Foi quando veio o primeiro medo. As coisas que ele estava vendo e a gente achando muito engraçadas eram a pura verdade. Não porque fossem verdade, mas porque, de uma forma que de repente pressentimos, faziam uma realidade dura demais para ser desmentida.

Ele dominava aquilo com uma firmeza que nos assustava, os dedos tocando os botões nas horas certas, o trenzinho irrepreensível, tonteando a gente. Parecia mesmo que estávamos no alto de um morro, no meio de uma noite e, de repente, da boca do túnel de musgo e papel-lixa, a faixa de luz dava um tiro e iluminava até o outro lado da parede. Acreditamos, vimos, era verdade! O barulho subia forte, o silêncio de meio de mato, um ruído de grilos, cheiro de malas de couro, de mau cheiro de passageiros amontoados e meninos com o nariz pregado na vidraça perguntando se faltava muito para passarem numa ponte, num túnel. Então ele levantava os olhos, sem virar a cabeça, certo, e conferia no rosto da gente que aquilo era uma coisa muito importante.

Dá vontade de chorar. Você podia imaginar que ele chegaria a esse estado? Puxa, era um grande sujeito! Ele era um grande sujeito, sim. Mesmo que aquela noite ele tenha nos assustado tanto, seria muito besta de nossa parte esquecer o que ele era. Era um cara meio esquisito, falava baixo, cheio de planos estranhos, mas nunca deixava de tomar uma cerveja com a gente, discutir futebol, ficar triste sempre que soubesse de algum problema nosso. Aqueles olhos pregados na gente: podia ser muito cansaço, podia estar com o saco cheio de ouvir a gente falando, podia, ele podia estar só preocupado com os planos dele, é claro. Gente, um, dois anos construindo aquilo, dirigindo os pedreiros o tempo todo durante a construção da laje!, foi ele quem escolheu os decalques para enfeitar a máquina, a disposição dos trilhos, a inclinação que as curvas deveriam ter para não prejudicarem quando, logo que vencidas, a máquina tomasse corpo e pegasse sem problemas uma elevação, depois a descida, a reta vindo devagar e, enfim, o apito despreocupado, um grito invadindo a campina. E o silêncio fechando escuro atrás do último vagão. Era um grande sujeito e dominava tudo com uma tranqüilidade que nos angustiava. Ele dominava como queria, tinha passado dois anos construindo aquilo, nós só podíamos ficar olhando, admirando, uma coisa que ele dominava como, que ele dominava como, como um Deus. Um Deus. O trenzinho passando macio, firme, ele dirigindo, muito acima da gente, como um Deus. A única esperança que a gente poderia ter era de que ele falhasse pelo menos num ponto, que ele falhasse de algum modo, para que pudéssemos destruir aquela firmeza que era absurda. Porque era. Era um grande sujeito. Ele não tinha nada que fazer aquilo.

Olha, ele construiu quase um mundo inteiro. Conseguiu adaptar um autorama, passando a rodovia ao lado dos trilhos, e pontes e cruzamentos com todos os sinais direitinho. O diabo do cara combinava as coisas com uma perfeição incrível: ligava o trem, o trem ia, e logo depois os carros começavam a correr e só diminuíam a marcha na hora da travessia, respeitosos de não enfrentar a locomotiva que vinha apitando e gritando que ia passar. Colocou umas casinhas com cercas apropriadas, avisos dizendo que as crianças e os animais estavam ali e aqui expostos, respeitava a sinalização e as coisas seguiam sem perigo de acidente. Sem perigo nenhum. Um Deus como qualquer outro. De vez em quando, saturado, ele pegava uns bichinhos, um mosquito sem asas, uma formiga meio morta, e os deitava nos trilhos. O trem vinha e os atropelava. Os corpos eram removidos amarrados nos capôs dos carros, as sirenes tocando e pedindo preferência.

Foi aí que ele cresceu e começou a determinar os acidentes, ora matando bichos, ora deixando um carro ou outro desavisadamente ultrapassar os trilhos e ser colhido pela locomotiva, a essas horas sempre passando em silêncio e em alta velocidade. Desligava o mecanismo no momento exato para evitar um curto-circuito eventual, fazia a trombada, verificava um instante sua extensão e até onde aquilo poderia ser chamado tragédia ou simples acidente ferroviário. Mas, mesmo, o que estava planejando era um clima que viesse possibilitar um grande desastre, uma coisa terrível que mostrasse não uma falha, mas, principalmente, um planejamento frio, calculado. Uma perfeição que fosse, para nós, outro assombro.

Quando conversamos, depois, concluímos que a única saída seria a sabotagem. Ficamos nos encarando sobre as xícaras de café, os dedos enrolados na toalha da mesa, sabendo perfeitamente que aquele medo tinha fundamento, uma seriedade profunda. Ele tinha alcançado um grau de superioridade que nos dava o direito de sentir esse medo. A gente via claramente que ele não iria parar na primeira tragédia, que depois dessa viriam outras e, possivelmente, ele não ficaria restrito aos trens e carrinhos. Primeiro, os bichos, o olhar dele dizendo que nem tentássemos compreender seus planos, mas, se quiséssemos — e era o que, havia algum tempo, vínhamos fazendo —, poderíamos ficar ali sentados, vendo como as coisas avançavam certeiramente, o poder sobre os objetos, o jogo bem tramado, silencioso, a lenta destruição que aguardava quieta no fundo daqueles brinquedos. O que seria?, por que parecia ser tão diabólica a segurança com que ele determinava os pequenos destinos ali dentro do quarto, os trilhos e a rodovia cada vez mais entrelaçados, os acidentes se sucedendo, as mortes de bichinhos indefesos e a satisfação, a serenidade de poder matar quem ele quisesse, na hora que bem entendesse? Nós estávamos apavorados, sim, era evidente a necessidade de destruir tudo antes, destruir tudo antes. Uma hora em que ele se distraísse. Era preciso.

Então ele nos chamou para ver. Fomos mais cedo, na esperança de que nos mandasse esperar por ele no quarto. Mas, quando chegamos, ele já estava sentado no chão, acabando de ajeitar os fios, a posição dos carros e da locomotiva. E, desta vez, a primeira vez, uma longa fila de bonecos estava disposta sobre a ponte da primeira curva, como em procissão. Logo entendemos: os bonecos, nenhum tinha rosto estranho. Era impossível reconhecê-los — ele desenhara neles bigodes, as mulheres com longos véus —, mas a certeza de que eram todos conhecidos tinha vindo muito clara, como se estivéssemos folheando um álbum de fotografias, lembranças de amigos, da família. Até de gente distante a quem ele nos apresentara rapidamente, mas que, como quase tudo era concernente a ele, de uma forma ou de outra ficaram grudados em nossa memória.

Ele estava sentado no chão desde cedo, calmo, preparando o palco em silêncio: silêncio das máquinas desligadas e da nossa respiração medida, poupada para os olhos que precisavam, tinham de saber, descobrir uma forma de frustrar seus planos. Já sabíamos quem seriam as vítimas desta vez. Naquela fila, puxando-a, destacávamos-nos cada vez mais nítidos, nós e ele, e entendemos que sua calma tinha o peso de quem ia morrer, mas que isto era por sua escolha, uma decisão longamente conquistada. Entendemos enquanto ele, de costas, mostrava a nuca como de uma criança reclinada sobre o brinquedo. Uma nuca feito as outras, calma, segura, e por isso mesmo, o medo ocupou o quarto, as janelas fechadas, a porta bem trancada. Estava esperando, sem pressa, porque sabia que nós não tínhamos mais condições de reagir. A hora que ele quisesse. Como sempre.

Apertou o botão pela primeira vez e a luzinha respondeu vermelha, perfeita. Então respirou fundo, correu os olhos pela extensão das pistas, voltou, bateu e mão aberta no joelho e nos encarou. *Como é que é?* Ficamos firmes. Ele ajeitava os cabelos com a ponta dos dedos e continuava a examinar as pistas. *Acho que vocês já me entenderam.* Foi até perto dos bonecos, ajeitou o alinhamento, uma ou outra roupinha desmantelada, passou a mão entre eles para que não ficasse sujeira nenhuma ali, nenhum obstáculo quando as máquinas, ligadas, se enchessem de energia e disparassem violentamente em direção a eles. Ele sabia que nós estávamos apavorados, olhando em todas as direções na tentativa de descobrir uma possível falha, um jeito de sabotá-lo sem que ele percebesse, mas sabia também que isso era totalmente impossível. Como um Deus: *eu avisei que isso não falharia, que ninguém mais conseguiria fazer, ninguém!* Calmo, rigorosamente dono. Sentíamos o suor nascendo, aquele frio freando os dentes, a língua crescendo no céu da boca. Ele nos olhava com um meio sorriso, tudo como havia planejado. *Vocês não têm que ficar com medo, isso vai acabar num instante.* O mundo inteiro dentro do quarto. A fila imóvel no fim da curva, subindo para a ponte, os carros apontados, os trilhos ligeiramente desviados na direção do primeiro boneco: o trem passaria rápido, faria a curva sem problemas, mas, de repente, faria um barulho, um tropeço, sairia desgovernado para destruir tudo que estivesse na frente. Os carros viriam apenas para conferir, evitar que algum boneco escapasse.

Segurou dois fios com a mão esquerda, acabando de descascar suas pontas com as unhas, enquanto ajeitava os dedos da direita sobre o painel. *Agora!* A máquina respondeu logo, rangeu e começou a arrancar os vagões de seus lugares. Venceu rapidamente o espaço até a curva e nós fechamos os olhos, o coração quase parando. Um barulhinho curto, menos do que esperávamos. Olhamos de novo. O trem venceu a primeira curva, passou rente aos bonecos e correu para o túnel, os carros deslizando suavemente pela rodovia desimpedida. Ele se mantinha calmo, a procissão estava salva. Ele estava calmo e enrolava nos dedos da mão esquerda os fios, olhando descorado para o trem que completava a volta e corria para passar de novo pela ponte em curva, pelo túnel, girar indefinidamente. E continuou calmo quando, os dedos enrolados nos fios, acionou todos os botões e deu a carga máxima. O trenzinho e os carros continuavam deslizando, na perfeição de sempre, e nós pensamos que logo ele se levantaria para reorganizá-los, começar novamente. Mas ele não se levantou. Ele falava sempre que aquela máquina não tinha condição de falhar. E não tinha mesmo.

A maçã em pedaços

Não saberia dizer, no breve instante em que se debruçou no parapeito da janela, se aquele gesto tinha sido para se defender da dor no estômago ou simplesmente ocultar o rosto sob os cabelos. Nem se aquela fincada no ventre teria vindo da ponta dos dedos da garota ou das covinhas do dorso da mão dela, ou mesmo do reflexo flutuando nos olhos de Lucinha, sua própria imagem se afogando neles, dupla, dividida em telas idênticas, moedas de uma só face. Sabia apenas que precisava ficar algum tempo ali postada, olhando a rua que se escoava quatro andares abaixo e já recortada pelos faróis dos milhares de carros que executariam a esganiçada melodia da noite com suas respirações pausadas e pautadas por repentinos suspiros e gritos rasgados, pulsando, como o sangue de suas mãos que volta a rolar seu curso quando ela enfim solta o pescoço do mármore em que se apóia.

A sensação de pavor — disso tinha certeza — jazia serena às suas costas, deslizando na canção quase inaudível que a garota cantarolava enquanto arrumava a cama da boneca, vez por outra interrompida pelo choro artificial da barriga de pilha quando tocada, o que a fazia mudar de tom e arriscar alguma toada de ninar pinçada entre as brincadeiras de roda da televisão. Um pavor delicado, uma fita de seda insinuando-lhe em torno dos ombros, ela alisou a fronte suada e tentou ver no roxo do horizonte o ponto para onde se dirigiam a irmã e o cunhado que a haviam deixado tomando conta da Lucinha, você não se importa?, não vai sair mesmo?, brigada, bem, a gente vai tentar voltar cedo, tiau.

Não voltariam. Quase todo fim de semana era isso. A irmã chegava com um ar molenga de quem vai pedir alguma coisa, sabendo que a outra jamais negaria o favor de ficar com a menina para que pudessem sair, se divertir um pouco da trabalheira de todo dia e assim por diante. Ela fazia que não se importava, que achava muito justo que aproveitassem a juventude enquanto a menina ainda era pequena, que ela mesma já tinha tido sua vez anos atrás e que se não tivesse jogado sua aliança na cara do Robledo quando aquele desgraçado, e que se não fosse a cirurgia açougueira a que se obedeceu quando ele mandou que arrancasse fora a criança, que não queria, e se estragou toda, e agora aquela menina cantando ali atrás, o queixo, o nariz e os olhos como se fossem os dela, todos diziam, e ela sufocava no ar de orgulho o sangue malcheiroso da cirurgia, os pontos que bem poderiam ser cicatrizes na cara dele e o roxo lá longe desaparecendo no preto da noite, um sábado como foi aquele em que Robledo, aquele desgraçado, e a garota ouviu esta última palavra com nitidez:

— Que foi, Titi?

Duas bonecas e camas diferentes.

— Não foi nada, Lu. Titi beliscou o braço na janela.

A garota aproximou-se, preocupada.

— Deixa eu ver.

Os cachos louros, como tinham sido os seus antes de se encaracolarem na troca de plumagem da adolescência.

— Você não está com fome não? — desconversou.

— Eu quero bolo de chocolate.

— Você sabe que não pode, depois vai ficar toda empolada. Vou fazer cachorro-quente, quer?

— Eu queria bolo, Titi.

A manha familiar na ponta do biquinho.

— Olha, ou cachorro-quente ou aquela sopa que sua mãe deixou no fogão.

A garota calou-se e se voltou desdenhosa para a boneca, numa atitude quase atávica que a irritou. Fez que não percebeu e foi para a cozinha, atenta a qualquer arreglo lamuriento que superasse o chiado das salsichas, e que ela faria questão de não ouvir. Daqui a pouco, com a boca cheia de cachorro-quente e exagerados estalos de língua ao saborear a coca-cola, ela diria que estava uma delícia, sem, no entanto, desviar os olhos dos anúncios da televisão que encheriam seu sábado de margarinas, guaranás, lingeries, anéis de noivado, olhares melosos e choro, muito choro. No quarto, Lucinha fingia que dormia, enquanto arrancava alguns fios de náilon do cabelo da boneca.

O intróito da novela, assim mesmo feito uma missa solene, mostrava uma rosa respingando sangue sobre um veludo amarelo, que era a cor do pretenso ouro daquele canal que ela sabia ser o pior da TV e que, por isso mesmo, gostava de assistir em seus momentos de raiva. Não era bem raiva o que ela sentia naquele momento, e sabia disso, mas um sentimento que a assustava um pouco, talvez pela impossibilidade de precisá-lo, talvez por resistir ao pressentimento que a incomodava desde que a deixaram só com a garota e ela isolou o sábado do lado de fora do apartamento. Um pressentimento que voltou forte com a imagem da rosa na tela, que tantas vezes a fizera rir, mas que agora lhe parecia como um aceno do passado ou do futuro, como se por entre aquelas pétalas escancaradas a qualquer momento pudesse brotar uma cabeça ou ser enfiado um punhal, ambas as cenas certamente cercadas por personagens vestidas com aventais imaculados, máscaras e luvas.

Desligou o aparelho e voltou à janela para respirar um pouco, tentar aliviar a pressão que o sanduíche e o refrigerante lhe faziam no esôfago. E se lembrou do médico afirmando que aquilo não passava de uma reação histérica, que o desmaio na sala de cirurgia durante o parto da irmã estava inconscientemente ligado à sua própria cirurgia, à perda da criança. Mas disso ela já sabia. Havia muito deixara de se impressionar com símbolos, quanto mais com um tão elementar como aquele, pois em matéria de rompimentos aquele desgraçado a escolara bastante, desde o físico aos mais sublimes, segundo uma escala que ela mesma compusera para sua ópera-bufa.

Então, por que essa sensação logo agora, tanto tempo depois e depois de tantos outros fins de semana que passara com a sobrinha para que a irmã e o cunhado pudessem ir se divertir, e por que ela, que diversas vezes tomara a iniciativa de se apresentar para essa tarefa que, afinal, não tinha nada de mais, ela não tinha mesmo nenhum programa para o sábado, não estava interessada em conhecer outras pessoas que não as de sempre, e das quais já andava enfarada, por que, então? Talvez a resposta estivesse ali dentro do quarto no sono da garota, agora real, ou dentro dela própria. O certo é que não estava fora dali. Ela sabia disso. Ela sabia de muitas coisas e desconfiava que poderiam ser coisas perigosas, um fenômeno sísmico que escapava à sua visão mas que ela tinha certeza estar germinando ali por dentro, nas entranhas do corpo ou do cérebro, no espaço do físico, do metafísico ou em qualquer outro liame entre essas órbitas, os átomos invisíveis que a queimavam em pontadas fininhas, mas fundas. Ela suava, debruçada na janela, contra o vento frio do sábado.

Por quanto tempo ela não sabe, ou não pôde medir pelo parâmetro indeterminado do que estava sentindo, que incluía os sons de uma festa nas redondezas, as buzinas do trânsito na avenida mais próxima, os soluços abafados da novela no apartamento ao lado, às vezes uma risada, um palavrão, a batucada no bar da esquina, mas sabe que ficou na janela o tempo suficiente para entender o vento noturno como um sopro vindo do passado, que era como se seu pai estivesse ali junto dela tentando apagar a febre em sua testa úmida. A escuridão lá de fora condensava tudo, e a única luz que percebia vinha de dentro dela, feito as convulsões das estrelas mais antigas. Mas o que seriam trinta anos em termos siderais? Que tamanho teriam os fatos e os sentimentos de sua vida de encontro ao infinito que se espalhava lá fora? E os três anos dessa garotinha seriam suficientes para ser computados? As grandezas exageradas a fizeram murchar, e ela foi se acalmando, reduzindo a velocidade do vôo até poder pousar sem maiores turbulências e enxergar sem sobressaltos a realidade pequena e concreta de uma ou outra pessoa comum cruzando a rua lá embaixo, indo quem sabe para onde ou para quem interessa, afinal?

Ela, por exemplo, estava apenas ali, esperando que a irmã e o cunhado voltassem para resgatar a garota que, em última análise, também cumpria um destino semelhante: gastar o tempo esperando por eles. Eram, de certa forma, colegas. Só que seu papel era o de mais velha, como em outra época alguém certamente foi, tomando conta dela até a volta dos pais, com a mesma tarefa, a de esperar o tempo passar e evitar que esse anjinho machucasse as asas, e tal. O que talvez não fosse tão ruim assim. Ali ela estava a salvo das feras da noite, da obrigação de brilhar para o encanto dos outros, talvez de alguma nova pessoa que, depois de cumprir o ciclo de passar por sua vida, possivelmente a deixaria num sábado com as mãos crispadas, de frente para um novo nada. E a lembrança do nada, desta vez, não lhe despertou a velha angústia de sempre, mas a simples desimportância de tudo.

Foi assim, descarregada, que ela se voltou e reencontrou a quentura da sala. A garrafa vazia de coca-cola sobre a mesa, a revista de moda com os vestidos lindos que ela nunca usaria e alguns brinquedos espalhados pelo chão, os pedaços de um quebra-cabeças que, completado, revelaria a imagem de um palhaço. Foi até a cozinha e pegou uma maçã na fruteira. Lavou-a com esmero e depois enxugou-a com delicadeza até que a pele escarlate ficasse brilhante, capaz de despertar a cobiça até mesmo de uma Branca de Neve que por ali passasse descuidada. O sorriso da velha bruxa insinuou-se em seus olhos. Pendente da parede, a faca do caçador, com a qual extirparia o coraçãozinho do cervo. As fábulas infantis são cruéis, ela pensou. E deu uma gargalhada que fez despertar em alvoroço os morcegos do castelo. Entre os relâmpagos da imaginação encantada, os olhos apavorados da menina surgiram na porta da cozinha.

—Você quer uma maçã, Lu?

— Não, Titi.

Os cabelos desatados escondendo as faíscas dos olhos, a voz acompanhada por suaves violinos, estendeu-lhe um pedaço enfeitiçado:

— Está deliciosa, meu bem.

— Eu quero mamãe — disse a garota, ameaçando choro.

— Que que é isso, Lu. Titi está com você. Vamos voltar pro quarto. Vem.

A menina encostou-se no umbral da porta, amedrontada.

— Vamos, Lu. Daqui a pouco sua mãe chega. Titi vai contar umas historinhas pra você. Vem.

Na falta de um bote salva-vidas, a menina estendeu-lhe a mãozinha medrosa.

— Vou contar pra Lucinha a história de uma menina que viveu há muitos e muitos anos no interior, lá perto da roça.

— Na fazenda do vovô, Titi?

— Lá perto, Lu. Mas nem vovô sabia que ela morava lá.

Esperou que a menina deitasse novamente, cobriu-a e deixou que se acomodasse, os cachos louros fazendo moldura para o rosto afogueado, os labiozinhos carnudos cheios de ansiedade como talvez tivessem sido os seus, já que todos diziam. E começou a narrar uma história cuja trama foi saindo fluida, num jorro atropelado em que se misturavam duendes e personagens reais, saltando obstáculos e ligando atalhos para se bifurcar em frases paralelas que se emaranhariam lá na frente como se juntassem forças feito um rio cujo objetivo desesperado fosse o salto na cachoeira e a explosão final em poeirinhas de água, e foi falando, falando, às vezes conferindo na expressão atônita da menina se ela estava entendendo alguma coisa, ou quase, e a história se precipitava em meio a uma porção de rabiscos — ou rascunhos — como se fosse um diário com um mesmo tema recorrente que não notasse que o próximo dia, as próximas fases da vida, deveriam ser diferentes, mas não eram, mas que tinham de ser porque elas, ela e a garota, tinham a mesma idade, e entendiam perfeitamente aquela falta de enredo e o nexo que a narrativa evitava.

Ou não evitava. O fato é que ela continuou falando e ilustrando seus gestos com a maçã mutilada na mão esquerda e a faca na direita, cujo significado teria o mesmo efeito de um anel ou de uma pulseira não fosse sua simbologia demoníaca, como ela mesma percebeu assustada, ao notar que os olhos da menina já não mais seguiam seu comando e estavam parados na beira do sono, saturada de tantas palavras, sufocada pelo esforço de tentar entender quem sabe o quê.

E como se o cansaço de uma vida inteira estivesse ali pesando sobre ela, a garota foi se apagando dentro do sono junto com sua identidade, aquela garota que agora era apenas uma respiração ritmada e, no entanto, aquela boca, aquele narizinho, o desenho do queixo e as covinhas no dorso da mão também poderiam ser revistos no velho álbum de retratos que devia estar guardado no sótão junto com as lembranças dos pais, aguardando o momento em que sairiam dali para, para o quê mesmo?, talvez sair por aí, cumprir etapas, pessoas, estradas de mãos duplas, vaivéns, meses, anos, sábados, aquela talvez filha que o desgraçado do Robledo não queria e que eles mataram, e então a filha da irmã que era quase uma cópia dela e quem sabe com o mesmo destino, e, de repente, a clarividência de que estava em suas mãos a única chance de impedir que isso voltasse a acontecer, nunca mais um outro Robledo, nunca mais sábados, nunca mais essa dor no estômago e na palma da mão que aperta a lâmina da faca por onde escorre um fiozinho vermelho que a desperta e a faz sair correndo para o banheiro lavar o sangue e as lágrimas em seu rosto de menina chorona como aquela que dorme serena lá no quarto e não sabe o que a espera.

Guardando roupa suja

Por mais que se dobre com jeito, que se tente a mesma arrumação de antes, não é a mesma coisa. As roupas sujas parece que incharam, além dos presentes das crianças e ainda o calção e a toalha dele secando no varal. A solução é levar o que não couber na mão mesmo, improvisar, fazer uns embrulhos, não tem importância, só depois de voltar para casa é que tudo se ajeita, sempre foi assim. A mala estufada sobre a cama, o lençol empurrado para os cantos escondendo marcas de pés e manchas de óleo de bronzear, ela vai até a janela e fica olhando o mar de vinte e cinco anos atrás onde, sem entender direito se o que estava ardendo era o sal ou a vontade de voltar para o quarto, ela estremeceu, cerrou os dentes de leve no rosto do marido e teve certeza que o amava.

Fez questão que tudo fosse igual desta vez, o mesmo chalé, a mesma praia. Fizeram de conta que não foi construído um bar ao lado e que o cheiro de peixe no lixo não os incomodava, ali mesmo onde havia um canteiro de grilos e jasmins que compunham a lembrança do homem ainda adormecido enquanto ela, despojada, ficava imaginando o tempo que teriam pela frente, imaginando com calma, alisando os desenhos da camisola de cetim, os pêlos do braço dele, um suspiro, ele está acordando e vem de novo para cima de mim, meu querido, tanto tempo se passou e essa mala estufada sobre a cama, cheia de roupa suja, e ele lá no bar se despedindo dos amigos, uma última rodada de truco, cerveja e batida.

Naquele tempo, foi champanhe. Ele sempre gostou de comemorar os acontecimentos, talvez até acreditasse nisso, notava-se pelo ar solene com que festejou o casamento, nascimento de filho e netos, a falência evitada com muita luta e novas dívidas, reconciliações que justificavam algumas brigas violentas, a volta difícil depois de um ano separados, ela sentindo o cheiro de bebida nas palavras moles dele, ele reparando suas rugas. Ela colocou a mesma camisola na mala e combinaram que tudo seria idêntico à primeira vez. Na noite em que chegaram, arrumaram as gavetas como na lua-de-mel, casando calção e maiô, calças e vestidos, a velha sandália florida com a de borracha. Com um sorriso malicioso, ele sobrepôs as cuecas e as calcinhas. Ela percebeu e o abraçou, mordendo de leve o rosto dele. Saíram para dar uma volta e viram que estava tudo construído em torno do chalé, o bar onde ele tomou um aperitivo e filou um tira-gosto e ela conversou com a proprietária, se era antiga ali, se se lembrava disso ou daquilo. Quando voltaram ao quarto dele tentou, ela se esforçou, mas o cansaço da viagem, mas as emoções do dia, apenas se beijaram e fingiram que vinte e cinco anos não haviam se passado.

Pois agora, recostada à janela, ela revia a antiga mala e o cuidado ele em retirar as peças de roupa e ajeitá-las no armário. Via o homem meio encabulado levando o pijama para o banheiro e demorando-se o suficiente para que ela pudesse se trocar também, apagar as luzes e deixar apenas o brilho da camisola refletir a penumbra do abajur se movendo na respiração contida. Está ali, presente, o seu homem: alto, na porta do banheiro, os cabelos molhados e penteados para trás, e ele já vem vindo, vem chegando, um perfume de alfazema nas mãos que ela beija pensando em valsas, romances, poemas e agora o pavor que corre subindo por suas pernas, empapando os dedos desajeitados dele.

Aquele mesmo gordo suado gritando truco no bar ao lado. Um ou outro palavrão, ela não quer ouvir, sai de perto da janela e resolve acabar de fazer a mala. Os presentes dos netos — ela resolve — vão na sacola da mercearia, para não pegar o cheiro ruim de roupa usada. Esta camisa de gola puída, é preciso jogá-la fora, mas é a preferida dele. Mania. Como o pé de meia que ela pega com as pontas dos dedos e embrulha numa folha de jornal. Bate o calção na beirada da pia para tirar a areia e nota alguns pentelhos presos à sunga de pano, o bafo amarelo de mijo velho.

Cheiros, bafos, essa mala cheia de roupa suja, é tudo que ocorre a ela, ainda que se esforce para lembrar que as coisas não deveriam terminar assim. Tantos anos depois de lambuzar de batom o pijama novo dele, de pedir desculpas por fazer tudo errado, de tentar limpá-lo com o lenço de linho bordado que lhe dera num dia dos namorados, ela está guardando na mala uma cueca que mostra um acentuado risco marrom no gancho. Algo que naquele tempo ela teria lavado com carinho e excitação, e ele nem ficaria sabendo. Naquele tempo. Agora vai tudo embrulhado junto com as bermudas, a camiseta com propaganda de caderneta de poupança, um bloco de batalha naval nem começado e revistas de palavras cruzadas, tédio. Além de calcinhas de renda, sutiãs com cinta, pomada para pele ressecada e a velha camisola que ela esfrega suavemente no rosto para enxugar uma lágrima que não vai sair, nem isso.

Ela se deita na cama, recosta a cabeça na mala e reconhece que aquele velho que se demora no truco com os amigos ocasionais bem que tentou. Deixou em casa as contas por pagar, a implicância com a marmita que nunca substituiu a habilidade dela com os molhos, o cansaço que ela alegava e a necessidade e o medo de operar as varizes, os óculos com armação de tartaruga e os cabelos ralos caindo na testa enquanto se debruçava sobre os livros de contabilidade da firma. Deixou para trás a lembrança dela saindo de casa com um curativo na testa por causa do copo que ele jogara durante mais uma briga, as muitas cartas começadas e amassadas na cesta de lixo com vergonha de que ela soubesse que se roía arrependido, o alívio silencioso quando ela voltou dizendo que era só pelo filho que já estava até noivo na época, e ele acreditou, aqueles dois velhos emburrados em frente à televisão, ele fazendo questão de lavar os pratos que usava e quebrando asas de xícaras, o mesmo bobão de sempre.

Que vem saindo do mar enquanto ela recosta a cabeça na cesta de vime e finge que está dormindo sob o guarda-sol. Olha por entre os cílios o corpo dele caminhando, as ondas sob o calção que ela conheceu ontem à noite na escuridão do quarto, tensa de tantos cuidados e expectativas, o terno e sacana conselho de mãe para filha. Um corpo manso e meio moleque apenas, a pele branca dos ombros já bastante avermelhada, vai arder à noite, ela tinha avisado. Como ardeu nela quando entrou na água, e ela falou que precisava sair porque estava frio, e ele sabia que era mentira, e passou as mãos sobre os cabelos dela, bem que ele tentou, como desta vez quando entrou no quarto sem que ela percebesse, achou que dormia com a cabeça apoiada na mala, parou um momento olhando seus cabelos embranquecidos, sentiu vontade de alisá-los de novo, sentiu a cerveja queimando no estômago, deitou-se ao lado dela sem se animar em acordá-la e ficou olhando para o teto, a vida inteira pela frente.

Este livro foi composto na tipologia
Caecilia-Roman, em corpo 10,5/16,5, e impresso
em papel off-white 80g/m^2 no Sistema Cameron
da Divisão Gráfica da Distribuidora Record.